नंगी आवाज़ें

और अन्य कहानियां

सआदत हसन मंटो

प्रभाकर
प्रकाशन

ISBN: 978-81-9492-610-8
eISBN: 978-81-9492-619-1

प्रकाशक: प्रभाकर प्रकाशन

पता: प्लॉट न. 55, मेन मदर डेयरी रोड,
पांडव नगर, ईस्ट दिल्ली-110092

फोन: +91 011-40395855

व्हाट्स ऐप: +91 8447931000

ई-मेल: sales@pharosbooks.in

वेबसाइट: www.pharosbooks.in

संस्करण: 2020

नंगी आवाज़ें और अन्य कहानियां

सआदत हसन मंटो

विषय-सूची

भूमिका

अगर हम किसी किताब को पढ़ते हैं और वह हमें खोपड़ी पर पड़े हथौड़े की तरह जगा नहीं देती; तो हमें उसे क्यों पढ़ना चाहिए? किताब तो बर्फ तोड़ने के हथौड़े की तरह होनी चाहिए जो हमारे भीतर जम गए दरिया को तोड़ सके। मशहूर साहित्यकार फ्रेंज काफ्का के इस कथन को थोड़ा सा हेर-फेर के साथ यूं भी पढ़ा जा सकता है कि कोई लेखक अगर खोपड़ी पर पड़े हथौड़े की तरह हमें जगा न दे तो हम उसे क्यों पढ़ें। यह अलग बात है कि कितने ऐसे होते हैं या हुए हैं जिनको इस कसौटी पर लेखक कहा जा सके।

दम लगाकर ढूंढें और कहें तो कह सकते हैं कि एक था - **सआदत हसन मंटो**।

सआदत हसन मंटो फिल्म, रेडियो स्क्रिप्ट राइटर और एक पत्रकार होने के अलावा, उर्दू भाषा के लघु कथाकार भी थे। उनकी कुछ प्रसिद्ध रचनाओं में ठंडा गोश्त, खोल दो, टोबा टेक सिंह, इस मंझधार में, मोज़ले और बाबू गोपी नाथ मिल हैं। उन्होंने लघु कहानियों के बाईस संग्रह, एक उपन्यास, रेडियो नाटकों के पाँच संग्रह, निबंधों के तीन संग्रह और व्यक्तिगत रेखाचित्रों के दो संग्रह प्रकाशित किए। उन्हें मरणोपरांत पाकिस्तान सरकार द्वारा **'निशान-ए-इम्तियाज़'** पुरस्कार से सम्मानित किया गया। मंटो की ज्यादातर कहानियों की विषयवस्तु आम जनजीवन से जुड़ी ऐसी बातों से सम्बद्ध है; जिनपर लोग बात करने में भी असहज महसूस करते हैं।

1
मैं क्यों लिखता हूँ

मैं क्यों लिखता हूँ? यह एक ऐसा सवाल है कि मैं क्यों खाता हूँ? मैं क्यों पीता हूँ? लेकिन इस दृष्टि से मुख़तलिफ है कि खाने और पीने पर मुझे रुपए खर्च करने पड़ते हैं और जब लिखता हूँ तो मुझे नकदी की सूरत में कुछ खर्च करना नहीं पड़ता। पर जब गहराई में जाता हूँ, तो पता चलता है कि यह बात गलत है इसलिए कि मैं रुपए के बलबूते पर ही लिखता हूँ।

अगर मुझे खाना-पीना न मिले तो ज़ाहिर है कि मेरे अंग, इस हालत में नहीं होंगे कि मैं कलम हाथ में पकड़ सकूँ। हो सकता है, फ़ाकाकशी की हालत में दिमाग चलता रहे, मगर हाथ का चलना तो ज़रूरी है। हाथ न चले तो ज़बान ही चलनी चाहिए। यह कितनी बड़ी ट्रेजडी है कि इंसान खाए-पिए बग़ैर कुछ भी नहीं कर सकता।

लोग कला को इतना ऊँचा रुतबा देते हैं कि इसके झंडे सातवें असमान से मिला देते हैं। मगर क्या यह हक़ीकत नहीं कि हर श्रेष्ठ और महान चीज़ एक सूखी रोटी की मोहताज है?

मैं लिखता हूँ इसलिए कि मुझे कुछ कहना होता है। मैं लिखता हूँ इसलिए कि मैं कुछ कमा सकूँ। ताकि मैं कुछ कहने के काबिल हो सकूँ।

रोटी और कला का संबंध प्रगट रूप से अजीब-सा मालूम होता है, लेकिन क्या किया जाए कि खुदाबंदताला को यही मंजूर है। वह ख़ुद को हर चीज़ से निरपेक्ष कहता है, यह गलत है। वह निरपेक्ष हरगिज नहीं है। उसको इबादत चाहिए। और इबादत बड़ी ही नर्म और नाजुक रोटी है बल्कि यूं कहिए, चुपड़ी हुई रोटी है जिससे वह अपना पेट भरता है।

मेरे पड़ोस में अगर कोई औरत हर रोज़ खाविंद से मार खाती है और फिर उसके जूते साफ़ करती है, तो मेरे दिल में उसके लिए ज़र्रा भर हमदर्दी पैदा नहीं होती। लेकिन जब मेरे पड़ोस में कोई औरत अपने खाविंद से लड़कर और खुदकुशी की धमकी देकर सिनेमा देखने चली जाती है और मैं खाविंद को दो घंटे सख्त परेशानी की हालत में देखता हूँ तो मुझे दोनों से एक अजीब व ग़रीब क़िस्म की हमदर्दी पैदा हो जाती है।

किसी लड़के को लड़की से इश्क हो जाए, तो मैं उसे जुकाम के बराबर अहमियत नहीं देता, मगर वह लड़का मेरी तवज्जो को अपनी तरफ ज़रूर खींचेगा, जो जाहिर करे कि उस पर सैकड़ों लड़कियाँ जान देती हैं, लेकिन असल में वह मोहब्बत का इतना ही भूखा है कि जितना बंगाल का भूख से पीड़ित बाशिंदा। इस बज़ाहिर कामयाब आशिक की रंगीन बातों में जो ट्रेजडी सिसकियाँ भरती होंगी, उसको मैं अपने दिल के कानों से सुनूँगा और दूसरों को सुनाऊँगा।

चक्की पीसने वाली औरत जो दिन भर काम करती है और रात को इत्मीनान से सो जाती है, मेरे अफ़सानों की हीरोइन नहीं हो सकती। मेरी हीरोइन एक रंडी हो सकती है। जो रात को जागती है और दिन को सोते हुए कभी-कभी यह डरावना ख्वाब देखकर उठ बैठती है कि बुढ़ापा उसके दरवाज़े पर दस्तक देने आ रहा है। उसके भारी-भारी पपोटे, जिनमें वर्षों की उचटी हुई नींद जम गई है, मेरे अफ़सानों का मौजूँ (विषय) बन सकते हैं। उसकी गलाजत, उसकी बीमारियाँ, उसका चिड़चिड़ापन, उसकी गालियाँ- ये सब मुझे भाती हैं। मैं उसके मुतअल्लिक लिखता हूँ और घरेलू औरतों की शस्ताकलामियों, उनकी सेहत और उनकी नफ़ासत पसंदी को नज़र अंदाज कर जाता हूँ।

सआदत हसन मंटो लिखता है इसलिए कि यह खुदा जितना बड़ा अफसानासाज और शायर नहीं, यह उसकी आजिजी जो उससे लिखवाती है।

मैं जानता हूँ कि मेरी शख्सियत बहुत बड़ी है और उर्दू साहित्य में मेरा बड़ा नाम है। अगर यह ख़ुशफ़हमी न हो तो जिंदगी और भी मुश्किल बन जाए। पर मेरे लिए यह एक तल्ख़ हक़ीकत है कि अपने मुल्क में, जिसे पाकिस्तान कहते हैं, मैं अपना सही स्थान ढूँढ नहीं पाया हूँ। यही वजह है कि मेरी रूह बेचैन रहती है। मैं कभी पागलखाने में और कभी अस्पताल में रहता हूँ।

मुझसे पूछा जाता है कि मैं शराब से अपना पीछा क्यों नहीं छुड़ा लेता। मैं अपनी जिंदगी का तीन-चौथाई हिस्सा बदपरहेजियों की भेंट चढ़ा चुका हूँ। मैं समझता हूँ कि जिंदगी अगर परहेज़ से गुजारी जाए तो एक क़ैद है। अगर वह बदपरहेजियों से गुजारी जाए तो भी एक क़ैद है। किसी न किसी तरह हमें इस जुराब के धागे का एक सिरा पकड़कर उधेड़ते जाना है और बस।

□□□

2
मैं कहानीकार नहीं, जेबकतरा हूँ

मेरी जिंदगी में तीन बड़ी घटनाएँ घटी हैं। पहली मेरे जन्म की। दूसरी मेरी शादी की और तीसरी मेरे कहानीकार बन जाने की।

लेखक के तौर पर राजनीति में मेरी कोई दिलचस्पी नहीं है। लीडरों और दवाफरोशों को मैं एक ही नजर से देखता हूँ। लीडर और दवाफरोशी दोनों पेशे हैं। राजनीति से मुझे उतनी ही दिलचस्पी है, जितनी गांधीजी को सिनेमा से थी। गांधीजी सिनेमा नहीं देखते थे, और मैं अखबार नहीं पढ़ता। दरअसल हम दोनों गलती करते हैं। गांधीजी को फिल्में जरूर देखनी चाहिए थीं और मुझे अखबार जरूर पढ़ने चाहिए।

मुझसे पूछा जाता है कि मैं कहानी कैसे लिखता हूँ। इसके जवाब में मैं कहूँगा कि अपने कमरे में सोफे पर बैठ जाता हूँ, कागज-कलम लेता हूँ और 'बिस्मिल्ला' कहकर कहानी शुरू कर देता हूँ। मेरी तीनों बेटियाँ शोर मचा रही होती हैं। मैं उन से बातें भी करता हूँ। उनके लड़ाई-झगड़े का फैसला भी करता हूँ। कोई मिलने वाला आ जाए तो उसकी खातिरदारी भी करता हूँ, पर कहानी भी लिखता रहता हूँ। सच पूछिए तो मैं वैसे ही कहानी लिखता हूँ, जैसे खाना खाता हूँ, नहाता हूँ, सिगरेट पिता हूँ और झक मारता हूँ।

अगर पूछा जाए कि मैं कहानी क्यों लिखता हूँ, तो कहूँगा कि शराब की तरह कहानी लिखने की भी लत पड़ गई है। मैं कहानी न लिखूँ, तो मुझे ऐसा लगता है कि मैंने कपड़े नहीं पहने हैं या गुसल नहीं किया है या शराब नहीं पी है। दरअसल मैं कहानी नहीं लिखता हूँ, बल्कि कहानी मुझे लिखती है। मैं बहुत कम-पढ़ा लिखा आदमी हूँ। वैसे तो मैंने दो दर्जन किताबें लिखी हैं और जिस पर आए दिन मुकदमे चलते रहते हैं। जब कलम मेरे हाथ में न हो, तो मैं सिर्फ सआदत हसन होता हूँ!

कहानी मेरे दिमाग में नहीं, मेरी जेब में होती है, जिसकी मुझे कोई खबर नहीं होती। मैं अपने दिमाग पर जोर देता हूँ कि कोई कहानी निकल आए। कहानी लिखने की बहुत कोशिश करता हूँ, पर कहानी दिमाग से बाहर नहीं निकलती। आखिर थक-हारकर बाँझ औरत की तरह लेट जाता हूँ। अनलिखी कहानी की कीमत पेशगी वसूल कर चुका हूँ, इसलिए बड़ी झुंझलाहट होती है। करवट बदलता हूँ। उठकर अपनी चिड़ियों को दाने डालता

हूँ। बच्चियों को झूला झुलाता हूँ। घर का कूड़ा-करकट साफ करता हूँ, घर में इधर-उधर बिखरे नन्हें-मुन्ने जूते उठाकर एक जगह रखता हूँ, पर कमबख्त कहानी जो मेरी जेब में पड़ी होती है, मेरे दिमाग में नहीं आती और मैं तिलमिलाता रहता हूँ।

जब बहुत ही ज्यादा कोफ्त होती है, तो गुसलखाने में चला जाता हूँ, पर वहाँ से भी कुछ मिलता नहीं। सुना है कि हर बड़ा आदमी गुसलखाने में सोचता है। मुझे अपने तजुर्बे से पता लगा है कि मैं बड़ा आदमी नहीं हूँ, पर हैरानी है कि फिर भी मैं हिंदुस्तान और पाकिस्तान का बहुत बड़ा कहानीकार हूँ। इस बारे में मैं यही कह सकता हूँ कि या तो मेरे आलोचकों को खुशफहमी है या फिर मैं उनकी आँखों में धूल झोंक रहा हूँ।

ऐसे मौकों पर, जब कहानी नहीं ही लिखी जाती, तो कभी यह होता है कि मेरी बीवी मुझसे कहती है, 'आप सोचिए नहीं, कलम उठाइए और लिखना शुरू कर दीजिए!' मैं उसके कहने पर लिखना शुरू कर देता हूँ। उस समय दिमाग बिल्कुल खाली होता है, पर जेब भरी हुई होती है। तब अपने आप ही कोई कहानी उछलकर बाहर आ जाती है। उस नुक्ते से मैं खुद को कहानीकार नहीं, बल्कि जेबकतरा समझता हूँ जो अपनी जेब खुद काटता है और लोगों के हवाले कर देता है।

मैंने रेडियो के लिए जो नाटक लिखे, वे रोटी के उस मसले की पैदावार हैं, जो हर लेखक के सामने उस समय तक रहता है, जब तक वह पूरी तरह मानसिक तौर पर अपाहिज न हो जाए। मैं भूखा था, इसलिए मैंने यह नाटक लिखे। दाद इस बात की चाहता हूँ कि मेरे दिमाग ने मेरे पेट में घुसकर ऐसे हास्य-नाटक लिखे हैं, जो दूसरों को हँसाते हैं, पर मेरे होठों पर हल्की-सी मुस्कराहट भी पैदा नहीं कर सके।

रोटी और कला का रिश्ता कुछ अजीब-सा लगता है, पर क्या किया जाए! खुदाबंदताला को यही मंजूर है। यह गलत है कि खुदा हर चीज से खुद को निर्लिप्त रखता है और उसको किसी चीज की भूख नहीं है। दरअसल उसे भक्ति चाहिए और भक्ति बड़ी नर्म और नाजुक रोटी है, बल्कि चुपड़ी हुई रोटी है, जिस से ईश्वर अपना पेट भरता है। सआदत हसन मंटो लिखता है, क्योंकि वह ईश्वर जितना कहानीकार और कवि नहीं है। उसे रोटी की खातिर लिखना पड़ता है।

मैं जानता हूँ कि मेरी शख्सियत बहुत बड़ी है और उर्दू साहित्य में मेरा बहुत बड़ा नाम है। अगर यह खुशफहमी न हो तो जिंदगी और भी मुश्किल बन जाए। पर मेरे लिए यह एक तल्ख हकीकत है कि अपने मुल्क में, जिसे पाकिस्तान कहते हैं, मैं अपना सही स्थान ढूंढ़ नहीं पाया हूँ। यही वजह है कि मेरी रूह बेचैन रहती है। मैं कभी पागलखाने में और कभी अस्पताल में रहता हूँ।

मुझसे पूछा जाता है कि मैं शराब से अपना पीछा क्यों नहीं छुड़ा लेता? मैं अपनी जिंदगी का तीन-चौथाई हिस्सा बदपरहेजियों की भेंट चढ़ा चुका हूँ। अब तो यह हालत है कि परहेज शब्द ही मेरे लिए डिक्शनरी से गायब हो गया है।

मैं समझता हूँ कि जिंदगी अगर परहेज से गुजारी जाए, तो एक कैद है। अगर वह बदपरहेजियों में गुजारी जाए, तो भी कैद है। किसी-न-किसी तरह हमें इस जुर्राब के धागे का एक सिरा पकड़कर उसे उधेड़ते जाना है और बस!

□□□

3
खोल दो

अमृतसर से स्पेशल ट्रेन दोपहर दो बजे चली और आठ घंटों के बाद मुग़लपुरा पहुँची। रास्ते में कई आदमी मारे गए। अनेक जख्मी हुए और कुछ इधर-उधर भटक गए।

सुबह दस बजे कैंप की ठंडी जमीन पर जब सिराजुद्दीन ने आँखें खोलीं और अपने चारों तरफ मर्दों, औरतों और बच्चों का एक उमड़ता समुद्र देखा तो उसकी सोचने-समझने की शक्तियां और भी बूढ़ी हो गईं। वह देर तक गंदले आसमान को टकटकी बांधे देखता रहा। यूं तो कैंप में शोर मचा हुआ था, लेकिन बूढ़े सिराजुद्दीन के कान तो जैसे बंद थे। उसे कुछ सुनाई नहीं देता था। कोई उसे देखता तो यह ख़्याल करता कि वह किसी गहरी नींद में गर्क है, मगर ऐसा नहीं था। उसके होश-ओ-हवास गायब थे। उसका सारा अस्तित्व शून्य में लटका हुआ था।

गंदले आसमान की तरफ बग़ैर किसी इरादे के देखते-देखते सिराजुद्दीन की निगाहें सूरज से टकराईं। तेज रोशनी उसके अस्तित्व की रग-रग में उतर गई और वह जाग उठा। ऊपर तले उसके दिमाग में कई तस्वीरें दौड़ गई। लूट, आग, भागम-भाग, स्टेशन, गोलियां, रात और सकीना। सिराजुद्दीन एकदम उठ खड़ा हुआ और पागलों की तरह उसने चारों तरफ फैले हुए इंसानों के समुंदर को खँगालना शुरु कर दिया।

पूरे तीन घंटे के बाद वह 'सकीना-सकीना' पुकारता कैंप की ख़ाक छानता रहा, मगर उसे अपनी जवान इकलौती बेटी का कोई पता न मिला। चारों तरफ एक धांधली-सी मची थी। कोई अपना बच्चा ढूँढ रहा था, कोई माँ, कोई बीबी और कोई बेटी। सिराजुद्दीन थक-हारकर एक तरफ बैठ गया और मस्तिष्क पर ज़ोर देकर सोचने लगा कि सकीना उससे कब और कहाँ अलग हुई, लेकिन सोचते-सोचते उसका दिमाग सकीना की माँ की लाश पर जम जाता है। जिसकी सारी अंतड़ियां बाहर निकली हुई थीं। उससे आगे वह और कुछ न सोच सका।

सकीना की माँ मर चुकी थीं। उसने सिराजुद्दीन की आँखों के सामने दम तोड़ा था, लेकिन सकीना कहाँ थीं? जिसके विषय में माँ ने मरते हुए कहा था- "मुझे छोड़ दो और सकीना को लेकर जल्दी से यहाँ से भाग जाओ।"

सकीना उसके साथ ही थी। दोनों नंगे पाँव भाग रहे थे। सकीना का दुपट्टा गिर पड़ा था। उसे उठाने के लिए उसने रुकना चाहा था। सकीना ने चिल्लाकर कहा था- "अब्बा जी छोड़िए!" लेकिन उसने दुपट्टा उठा लिया था। यह सोचते-सोचते उसने अपने कोट की उभरी हुई जेब की तरफ देखा और उसमें हाथ डालकर एक कपड़ा निकाला, सकीना का वही दुपट्टा था, लेकिन सकीना कहाँ थीं?

सिराजुद्दीन ने अपने थके हुए दिमाग पर बहुत ज़ोर दिया, मगर वह किसी नतीजे पर न पहुँच सका। क्या वह सकीना को अपने साथ स्टेशन तक ले आया था? क्या वह उसके साथ ही गाड़ी में सवार थी? रास्ते में जब गाड़ी रोकी गई थी और बलवाई अंदर घुस आए थे, तो क्या वह बेहोश हो गया था, जो वे सकीना को उठा कर ले गए?

सिराजुद्दीन के दिमाग में सवाल ही सवाल थे, जवाब कोई भी नहीं था। उसे हमदर्दी की ज़रूरत थी, लेकिन चारों तरफ जितने भी इंसान फंसे हुए थे, सबको हमदर्दी की ज़रूरत थी। सिराजुद्दीन ने रोना चाहा, मगर आँखों ने उसकी मदद न की। आँसू न जाने कहाँ गायब हो गए थे।

छह रोज़ बाद जब होश-ओ-हवास किसी कदर दुरुस्त हुए तो सिराजुद्दीन उन लोगों से मिला जो उसकी मदद करने को तैयार थे। आठ नौजवान थे, जिनके पास लाठियां थीं, बंदूकें थीं। सिराजुद्दीन ने उनको लाख-लाख दुआएं दी और सकीना का हुलिया बताया- "गोरा रंग है और बहुत खूबसूरत है। मुझ पर नहीं अपनी माँ पर थी। उम्र सत्रह वर्ष के करीब है। आँखें बड़ी-बड़ी, बाल स्याह, दाहिने गाल पर मोटा सा तिल, मेरी इकलौती लड़की है। ढूँढ लाओ, खुदा तुम्हारा भला करेगा।"

रज़ाकार नौजवानों ने बड़े जज़्बे के साथ बूढ़े, सिराजुद्दीन को यकीन दिलाया कि अगर उसकी बेटी जिंदा हुई तो चंद ही दिनों में उसके पास होगी।

आठों नौजवानों ने कोशिश की। जान हथेली पर रखकर वे अमृतसर गए। कई मर्दों और कई बच्चों को निकाल-निकालकर उन्होंने सुरक्षित स्थानों पर पहुँचाया। दस रोज़ गुजर गए, मगर उन्हें सकीना न मिली।

एक रोज़ इसी सेवा के लिए लारी पर अमृतसर जा रहे थे कि छः हरटा के पास सड़क पर उन्हें एक लड़की दिखाई दी। लारी की आवाज़ सुनकर वह बिदकी और भागना शुरू

कर दिया। रज़ाकारों ने मोटर रोकी और सबके-सब उसके पीछे भागे। एक खेत में उन्होंने लड़की को पकड़ लिया। देखा, तो बहुत खूबसूरत थी। दाहिने गाल पर मोटा तिल था। एक लड़के ने उससे कहा- "घबराओ नहीं! क्या तुम्हारा नाम सकीना हैं?"

लड़की का रंग और भी जर्द हो गया। उसने कोई जवाब नहीं दिया, लेकिन जब तमाम लड़कों ने उसे दम-दिलासा दिया तो उसकी दहशत दूर हुई और उसने मान लिया कि वो सराजुद्दीन की बेटी सकीना है।

आठ रज़ाकार नौजवानों ने हर तरह से सकीना की दिलजोई की। उसे खाना खिलाया, दूध पिलाया और लारी में बैठा दिया। एक ने अपना कोट उतारकर उसे दे दिया, क्योंकि दुपट्टा न होने के कारण वह बहुत उलझन महसूस कर रही थी। बार-बार बांहों से अपने सीने को ढकने की कोशिश में लगी हुई थी।

कई दिन गुजर गए- सिराजुद्दीन को सकीना की कोई ख़बर न मिली। वह दिन-भर विभिन्न कैंपों और दफ्तरों के चक्कर काटता रहता, लेकिन कहीं भी उसकी बेटी का पता न चला। रात को वह बहुत देर तक उन रज़ाकार नौजवानों की कामयाबी के लिए दुआएं माँगता रहता, जिन्होंने उसे यकीन दिलाया था कि अगर सकीना जिंदा हुई तो चंद दिनों में ही उसे ढूँढ निकालेंगे।

एक रोज़ सिराजुद्दीन ने कैंप में उन नौजवान रज़ाकारों को देखा। लारी में बैठे थे। सिराजुद्दीन भागा-भागा उनके पास गया। लारी चलने ही वाली थी कि उसने पूछा- "बेटा, मेरी सकीना का पता चला?"

सबने एक जवाब होकर कहा- "चल जाएगा, चल जाएगा।" और लारी चला दी। सिराजुद्दीन ने एक बार फिर उन नौजवानों की कामयाबी की दुआ मांगी और उसका जी किसी कदर हलका हो गया।

शाम के करीब कैंप में जहाँ सिराजुद्दीन बैठा था, उसके पास ही कुछ गड़बड़-सी हुई। चार आदमी कुछ उठाकर ला रहे थे। उसने मालूम किया तो पता चला कि एक लड़की रेलवे लाइन के पास बेहोश पड़ी थी। लोग उसे उठाकर लाए हैं। सिराजुद्दीन उनके पीछे हो लिया। लोगों ने लड़की को अस्पताल वालों के सुपुर्द किया और चले गए।

कुछ देर वह ऐसे ही अस्पताल के बाहर खड़े हुए लकड़ी के खंबे के साथ लगकर खड़ा रहा। फिर आहिस्ता-आहिस्ता अंदर चला गया। कमरे में कोई नहीं था। एक स्ट्रेचर था, जिस पर एक लाश पड़ी थी। सिराजुद्दीन छोटे-छोटे कदम उठाता उसकी तरफ बढ़ा। कमरे

में अचानक रोशनी हुई। सिराजुद्दीन ने लाश के जर्द चेहरे पर चमकता हुआ तिल देखा और चिल्लाया- "सकीना!"

डॉक्टर, जिसने कमरे में रोशनी की थी, उसने सिराजुद्दीन से पूछा- "क्या है?"

सिराजुद्दीन के हलक से सिर्फ इस कदर निकल सका- "जी मैं...जी मैं...इसका बाप हूँ।"

डॉक्टर ने स्ट्रेचर पर पड़ी हुई लाश की नब्ज़ टटोली और सिराजुद्दीन से कहा- "खिड़की खोल दो।"

सकीना के मुद्रा जिस्म में जुंबिश हुई। बेजान हाथों से उसने इज़ारबंद खोला और सलवार नीचे सरका दी। बूढ़ा सिराजुद्दीन खुशी से चिल्लाया- "जिंदा है, मेरी बेटी जिंदा है?"

□□□

4

टेटवाल का कुत्ता

कई दिनों से दोनों तरफ से सिपाही अपने-अपने मोर्चे पर जमे हुए थे। दिन में इधर और उधर से दस-बारह गोलियाँ चल जाती, जिनकी आवाज के साथ कोई इंसानी चीख बुलंद नहीं होती थी। मौसम बहुत खुशनुमा था। हवा जंगली फूलों की महक में बसी हुई थी। पहाड़ियों की ऊँचाइयों और ढलानों पर लड़ाई से बेखबर कुदरत, अपने रोज के काम-काज में व्यस्त थी। चिड़ियां उसी तरह चहचहाती थीं। फूल उसी तरह खिल रहे थे और धीमी गति से उड़ने वाली मधुमक्खियाँ, उसी पुराने ढंग से उन पर ऊँघ-ऊँघ कर रस चूसती थीं।

जब गोलियाँ चलने पर पहाड़ियों में आवाज गूँजती और चहचहाती हुई चिड़ियां चौंककर उड़ने लगतीं, मानो किसी का हाथ साज़ के गलत तार से जा टकराया हो और उनके कानों को ठेस पहुँची हो। सितंबर का अंत अक्तूबर की शुरूआत से बड़े गुलाबी ढंग से गले मिल रहा था। ऐसा लगता था कि जाड़े और गर्मी में सुलह-सफाई हो रही है। नीले-नीले आसमान पर धुनी हुई रुई जैसे, पतले-पतले और हल्के-हल्के बादल यूं तैरते थे, जैसे अपने सफेद बजरों में नदी की सैर कर रहे हैं।

पहाड़ी मोर्चों पर दोनों ओर से सिपाही कई दिनों से बड़ी ऊब महसूस कर रहे थे कि कोई निर्णयात्मक बात क्यों नहीं होती। ऊबकर उनका जी चाहता कि मौका-बे-मौका एक-दूसरे को शेर सुनाएँ। कोई न सुने तो ऐसे ही गुनगुनाते रहें। वे पथरीली ज़मीन पर औंधे या सीधे लेटे रहते और जब हुक्म मिलता, एक-दो फायर कर देते।

दोनों मोर्चे बड़े सुरक्षित स्थान पर थे। गोलियाँ पूरे जोर से आतीं और पत्थरों की ढाल से टकराकर, वहीं चित्त हो जातीं। दोनों पहाड़ियों की ऊँचाई, जिन पर ये मोर्चे थे, लगभग एक ही जैसी थीं। बीच में छोटी-सी हरी-भरी घाटी थी, जिसके सीने पर एक नाला, मोटे साँप की तरह लोटता रहता था।

हवाई जहाजों का कोई खतरा नहीं था। तोपें न इनके पास थीं, न उनके पास, इसलिए दोनों तरफ बेखटके आग लगाई जाती थी। उससे धुएँ के बादल उठते और हवाओं में घुल-मिल जाते। रात को चूँकि बिलकुल खामोशी थी, इसलिए कभी-कभी दोनों मोर्चों के सिपाहियों को, किसी बात पर लगाए हुए, एक-दूसरे के ठहाके सुनाई दे जाते थे। कभी कोई

लहर में आकर गाने गाता तो दूसरी आवाज़ गूँजती तो ऐसा लगता, मानो पहाड़ियां सबक दोहरा रही हों।

चाय का दौर ख़त्म हो चुका था। पत्थरों के चूल्हे में चीड़ के हल्के-हल्के कोयले करीब-करीब ठंडे हो चुके थे। आसमान साफ था। मौसम में खुनकी थी। हवा में फूलों की महक नहीं थी, जैसे रात को उन्होंने अपने इत्रदान बंद कर लिए थे। अलबत्ता, चीड़ के पसीने, यानी बिरोज़े की बू थी। पर यह भी कुछ ऐसी नागवार नहीं थीं। सब कंबल ओढ़े सो रहे थे, पर कुछ इस तरह, कि हल्के-से इशारे पर उठकर लड़ने-मरने के लिए तैयार हो सकते थे। जमादार हरनाम सिंह खुद पहरे पर था। उसकी रासकोप घड़ी में दो बजे तो उसने गंडा सिंह को जगाया और पहरे पर खड़ा कर दिया। उसका जी चाहता था कि सो जाये पर जब लेटा तो आँखों से नींद को इतना दूर पाया जितने कि आसमान में सितारे थे। जमादार हरनाम सिंह चित लेटा उनकी तरफ देखता रहा और फिर गुनगुनाने लगा।

जुत्ती लेनी आ सितारियाँ वाली...
सितारियाँ वाली...
वे हरनाम सिंहा, ओ यारा, भावीं तेरी महीं विक जाये
और हरनाम सिंह को आसमान पर हर तरफ सितारों वाले जूते बिखरे नज़र आए जो झिलमिल-झिलमिल कर रहे थे।
जुत्ती ले दो सितारियाँ वाली...
सितारियाँ वाली...
नी हरनाम कौर, ओ नारे, भावीं मेरी महीं विक जाये

यह गाकर यह मुस्कराया फिर यह सोचकर नींद नहीं आएगी, उसने उठकर सबको जगा दिया। नार के जिक्र ने उसके दिमाग में हलचल पैदा कर दी थी। वह चाहता था कि ऊटपटांग बातें हों, जिससे इस गीत की हरनाम कौरी कैफियत पैदा हो जाए। चुनाँचे बातें शुरू हुई, पर उखड़ी-उखड़ी रहीं। बन्ता सिंह, जो उन सब में कम उम्र था और जिसकी आवाज सबसे अच्छी थी, एक तरफ हटकर बैठा गया। बाकी अपनी जाहिरा तौर पर मजेदार बातें करते और जमाइयाँ लेते रहे। थोड़ी देर के बाद बन्ता सिंह ने एकदम सोज़भरी आवाज़ में 'हीर' गाना शुरू कर दिया...

हीर आख्या जोगिया झूठ बोले, कौन रूठड़े यार मनाउँदा ई
ऐसा कोई न मिलेया मैं ढूँढ थकी जेहड़ा गयाँ नूँ मोड़ ल्याउँदा ई
इक बाज तो काँग ने कूँज खोही बेक्खाँ चुप है कि कुलाउँदा ई
दुक्खाँ वालेयाँ नूँ गल्लाँ सुख दियाँ नी किस्से जोड़ जहान सुनाउँदा ई
फिर कुछ रुक कर उसने हीर की इन बातों का जवाब, राँझे की ज़बान में गाया...

जेहड़े बाज तो काँग ने कूँज खोही सब्र शुक्र कर बाज फनाह होया
ऐवें हाल है एस फकीर दानी, धन माल गया ते तबाह होया
करें सिदक ते कम मालूम होवे तेरा रब रसूल गवाह होया
दुनिया छड उदासियाँ पहन लइयाँ सैयद वारिसों हुन वारिस शाह होया
बन्ता सिंह ने जिस तरह एकदम गाना शुरू किया था, उसी तरह वह एकदम खामोश हो गया।

ऐसा लगता था कि खाकी पहाड़ियों ने भी उदासियाँ पहन ली हैं। जमादार हरनाम सिंह ने थोड़ी देर के बाद किसी अनदेखी चीज को मोटी-सी गाली दी और लेट गया। रात के आख़िरी पहर की उदास-उदास फिज़ा में एक कुत्ते के भौंकने की आवाज गूँजी। सब चौंक पड़े। आवाज करीब से आई थी। जमादार हरनाम सिंह ने उठकर कहा- "यह कहाँ से आ गया, भोंकू?"

कुत्ता फिर भोंका। अब उसकी आवाज और भी नज़दीक से आई थी। कुछ पलों के बाद, दूर झाड़ियों में आहट हुई। बन्ता सिंह उठा और उसकी तरफ बढ़ा। जब वापस आया तो उसके साथ एक आवारा-सा कुत्ता था, जिसकी दुम हिल रही थी। वह मुस्कराया- "जमादार साहब! मैं 'हूकम्ज इधर' बोला तो कहने लगा- "मैं हूँ चपड़ झुनझुन।"

सब हँसने लगे। जमादार हरनाम सिंह ने कुत्ते को पुचकारा- "इधर आ चपड़ झुनझुन।"

कुत्ता दुम हिलाता, हरनाम सिंह के पास चला गया और यह समझकर कि शायद खाने की कोई चीज फेंकी गई है, ज़मीन के पत्थर सूँघने लगा। जमादार हरनाम सिंह ने थैला खोलकर एक बिस्कुट निकाला और उसकी तरफ फेंका। कुत्ते ने उसे सूँघकर मुँह खोला, लेकिन हरनाम सिंह ने लपककर उसे उठा लिया, "ठहर! कहीं पाकिस्तानी तो नहीं।" सब हँसने लगे। सरदार बन्ता सिंह ने आगे बढ़कर कुत्ते की पीठ पर हाथ फेरा और जमादार हरनाम सिंह से कहा- "नहीं जमादार साहब, चपड़ झुनझुन हिंदुस्तानी है।"

जमादार हरनाम सिंह हँसा और कुत्ते से मुखातिब हुआ- "निशानी दिखा ओय?"

कुत्ता दुम हिलाने लगा। हरनाम सिंह जरा खुलकर हँसा- "यह कोई निशानी नहीं। दुम तो सारे कुत्ते हिलाते हैं।"

बन्ता सिंह ने कुत्ते की काँपती दुम पकड़ ली- "शरणार्थी है, बेचारा।"

जमादार हरनाम सिंह ने बिस्कुट फेंका, जो कुत्ते ने झट दबोचा लिया। एक जवान ने अपने बूट की एड़ी से ज़मीन खोदते हुए कहा- "अब कुत्तों को भी या तो हिंदुस्तानी होना पड़ेगा, या पाकिस्तानी!"

जमादार ने अपने थैले से एक और बिस्कुट निकाला और फेंका, "पाकिस्तानियों की तरह पाकिस्तानी कुत्ते भी गोली से उड़ा दिए जाएँगे!"

एक ने जोर से नारा लगाया- "हिन्दुस्तान ज़िंदाबाद!"

कुत्ता, जो बिस्कुट उठाने के लिए आगे बढ़ा था, डरकर पीछे हट गया। उसकी दुम टाँगों के अंदर घुस गयी। जमादार हरनाम सिंह हँसा- "अपने नारे से क्यों डरता है। चपड़ झुनझुन...खा...ले, एक और ले।" उसने थैले से एक और बिस्कुट निकाल कर उसे दिया।

बातों-बातों में सुबह हो गई। सूरज निकलने का इरादा ही कर रहा था कि चारों ओर उजाला हो गया। जिस तरह बटन दबाने से एकदम बिजली की रोशनी होती है, उसी तरह सूरज की किरणें देखते-ही-देखते, उस पहाड़ी इलाके में फैल गई, जिसका नाम टेटवाल था।

इस इलाके में काफी देर से लड़ाई चल रही थी। एक-एक पहाड़ी के लिए दर्जनों जवानों की जानें जाती थीं, फिर भी कब्जा गैर-यकीनी होता था। आज यह पहाड़ी उनके पास है, कल दुश्मन के पास, परसों फिर उनके कब्जे में, इसके दूसरे दिन वह फिर दूसरों के पास चली जाती थी।

जमादार हरनाम सिंह ने दूरबीन लगाकर आसपास का जायजा लिया। सामने पहाड़ी में धुआँ उठ रहा था। इसका मतलब यह था कि चाय वगैरह तैयार हो रही है। इधर भी नाश्ते की फिक्र हो रही थी। आग सुलगाई जा रही थी। उधर वालों को भी निश्चय ही उधर से धुआँ उठता दिख रहा था।

नाश्ते पर सब जवानों ने थोड़ा-थोड़ा कुत्ते को दिया, जो उसने खूब पेट भरके खाया। सब उसमें दिलचस्पी ले रहे थे, जैसे वे उसको अपना दोस्त बनाना चाहते हैं। पुचकार कर 'चपड़ झुनझुन' के नाम से पुकारता और उसे प्यार करता।

शाम के करीब, दूसरी तरफ, पाकिस्तानी मोर्चे में, सूबेदार हिम्मत खान अपनी बड़ी-बड़ी मूँछों को, जिनके साथ बेशुमार कहानियाँ जुड़ी हुई थीं, मरोड़े दे-देकर, टेटवाल के नक्शे को बड़े ध्यान से देख रहा था। उसके साथ ही वायरलैस ऑप्रेटर बैठा था और सूबेदार हिम्मत खान के लिए प्लाटून कमांडर के निर्देश प्राप्त कर रहा था। कुछ दूर, एक पत्थर से टेक लगाए और अपनी बंदूक लिए, बशीर धीमे-धीमे गुनगुना रहा था।

"चन्न कित्थे गवाई आयी रात वे...
चन्न कित्थे गवाई आयी..."

बशीर ने मजे में आकर आवाज ज़रा ऊँची की तो सूबेदार हिम्मत खान की कड़क आवाज़ बुलंद हुई- "ओये, कहाँ रहा है तू रात-भर?"

बशीर ने सवालिया नजरों से हिम्मत खान को देखना शुरू किया, तो बशीर की बजाय किसी और से मुखातिब था- "बता ओये।"

बशीर ने देखा- कुछ फासले पर वह आवारा कुत्ता बैठा था, जो कुछ दिन हुए उनके मोर्चे में बिन बुलाये मेहमान की तरह आया था और वहीं टिक गया था। बशीर मुस्कराया और कुत्ते को सम्बोधित कर बोला-

"चन्न कित्थे गँवाई आयी रात वे
चन्न कित्थे गँवाई आयी..."

कुत्ते ने जोर से दुम हिलाना शुरू किया, जिससे पथरीली ज़मीन पर झाड़ू-सी फिरने लगी।

सूबेदार हिम्मत खान ने एक कंकड़ उठाकर कुत्ते की तरफ फेंका- "साले को दुम हिलाने के सिवा और कुछ नहीं आता!"

बशीर ने एकदम कुत्ते की तरफ गौर से देखा- "इसकी गर्दन में क्या है?" यह कहकर वह उठा, पर इससे पहले एक जवान ने कुत्ते को पकड़कर, उसकी गर्दन में बँधी हुई रस्सी उतारी। उसमें गत्ते का एक टुकड़ा पिरोया हुआ था, जिस पर कुछ लिखा था। सूबेदार हिम्मत खान ने यह टुकड़ा लिया और अपने जवानों से कहा- "लिंडे हैं। जानता है तुममें से कोई पढ़ना?"

बशीर ने आगे बढ़कर गत्ते का टुकड़ा लिया- "हाँ...कुछ-कुछ पढ़ लेता हूँ।" और उसने बड़ी मुश्किल से अक्षर जोड़-जोड़कर यह पढ़ा- "चप...चपड़ झुन...झुन...चपड़ झुनझुन...यह क्या हुआ?"

सूबेदार हिम्मत खान ने अपनी बड़ी-बड़ी ऐतिहासिक मूँछों को ज़बरदस्त मरोड़ दिया- "कोडवर्ड होगा कोई।" फिर उसने बशीर से पूछा- "कुछ और लिखा है बशीरे?"

बशीर ने, जो अक्षर जोड़ने में लगा था, जवाब दिया- "जी हाँ...यह...यह...हिंद... हिंद... हिंदुस्तानी... यह हिंदुस्तानी कुत्ता है।"

सूबेदार हिम्मत खान ने सोचना शुरू किया- "मतलब क्या हुआ इसका? क्या पढ़ा था तुमने- चपड़...?"

बशीर ने जवाब दिया- "चपड़ झुनझुन।"

एक जवान ने बहुत बुद्धिमान बनते हुए कहा- "जो बात है, इसी में है।"

सूबेदार हिम्मत खान को यह बात माकूल लगी- "हाँ, कुछ ऐसा ही लगता है।"

बशीर ने गत्ते पर लिखी हुई पूरी इबारत पढ़ी- "चपर झुनझुन...यह हिंदुस्तानी कुत्ता है!"

सूबेदार हिम्मत खान ने वायरलैस सेट लिया और कानों पर हैड फोन लगामार प्लाटून कमांडर से खुद उस कुत्ते के बारे में बातचीत की। वह कैसे आया था, किस तरह उनके पास कई दिन पड़ा रहा, फिर एकाएक गायब हो गया और रात-भर गायब रहा। अब आया है तो उसके गले में एक रस्सी नज़र आयी, जिसमें गत्ते पर एक टुकड़ा था। उस पर जो इबारत लिखी थी, वह उसने तीन-चार बार दोहराकर प्लाटून कमांडर को सुनाई, पर कोई नतीजा हासिल न हुआ।

बशीर अलग कुत्ते के पास बैठकर उसे कभी पुचकार कर, कभी डरा-धमकाकर पूछता रहा कि वह रात कहाँ गायब रहा था और उसके गले में वो रस्सी और गत्ते का टुकड़ा किसने बाँधा था, पर कोई मनचाहा जवाब न मिला। वह जो सवाल करता, उसके जवाब में कुत्ता अपनी दुम हिला देता। आखिर गुस्से में आकर बशीर ने उसे पकड़ लिया और जोर का झटका दिया। कुत्ता तकलीफ़ के कारण 'चाऊं-चाऊं' करने लगा।

वायरलैस से निपटकर सूबेदार हिम्मत खान ने कुछ देर नक्शे को गौर से देखा और फिर निर्णयात्मक भाव से उठा और सिगरेट की डिबिया का ढकना खोलकर बशीर को दिया- "बशीरे! लिख इस पर गुरमुखी में...उन कीड़े-मकोड़ों में..."

बशीर ने सिगरेट की डिबिया का गत्ता लिया और पूछा- "क्या लिखूँ सूबेदार साहब?"

सूबेदार हिम्मत खान ने मूँछों को मरोड़े देकर सोचना शुरू किया- "लिख दे...बस, लिख दे।" यह कहकर उसने जेब से पेंसिल निकालकर बशीर को दी, "क्या लिखना चाहिए?" उसने जैसे खुद से पूछा।

बशीर पेंसिल की नोक को होंठ से लगाकर सोचने लगा, फिर एकदम सवालिया अंदाज में बोला- "सपड़ सुनसुन...?" लेकिन फौरन ही सन्तुष्ट होकर उसने निर्णय-भरे लहजे में कहा- "चपड़ झुनझुन का जवाब सपड़ सुनसुन ही हो सकता है...क्या याद रखेंगे अपनी माँ के सिखड़े।"

बशीर ने पेंसिल सिगरेट की डिबिया पर जमाई- "सपड़ सुनसुन!"

"सोलह आने! लिख...सप...सपड़...सुनसुन।" यह कहकर सूबेदार हिम्मत खान ने जोर का ठहाका लगाया" और आगे लिखा- "यह...पाकिस्तानी कुत्ता है!"

सूबेदार हिम्मत खान ने गत्ता बशीर के हाथ से ले लिया। पेंसिल से उसमें एक छेद किया और रस्सी में पिरोकर कुत्ते की तरफ बढ़ा, "ले जा यह अपनी औलाद के पास।"

यह सुनकर सब जवान खूब हँसे। सूबेदार हिम्मत खान ने कुत्ते के गले में रस्सी बाँध दी। वह इस बीच अपनी दुम हिलाता रहा। इसके बाद सूबेदार ने उसे कुछ खाने को दिया

और नसीहत करने के अंदाज में कहा- "देखो दोस्त, गद्दारी मत करना। याद रखो, गद्दारी की सजा मौत होती है!"

कुत्ता दुम हिलाता रहा। जब वह अच्छी तरह खा चुका तो सूबेदार हिम्मत खान ने रस्सी से पकड़कर उसका रुख पहाड़ी की इकलौती पगडंडी की तरफ फेरा और कहा- "जाओ, हमारा खत दुश्मनों तक पहुँचा दो।...मगर देखो, वापस आ जाना।...यह तुम्हारे अफसर का हुक्म है, समझे?"

कुत्ते ने अपनी दुम हिलाई और आहिस्ता-आहिस्ता पगडंडी पर, जो बल खाती हुई, नीचे पहाड़ी के दामन में जाती थी, चलने लगा। सूबेदार हिम्मत खान ने अपनी बंदूक उठाई और हवा में फायर किया।

फायर और उसकी गूँज दूसरी तरफ हिंदुस्तानियों के मोर्चे में सुनी गई। इसका मतलब उनकी समझ में न आया। जमादार हरनाम सिंह पता नहीं किस बात पर चिड़चिड़ा हो रहा था, यह आवाज़ सुनकर और भी चिड़चिड़ा हो गया। उसने फायर का हुक्म दे दिया। आधे घंटे तक दोनों मोर्चों से गोलियों की बेकार बारिश होती रही। जब इस शगल से उकता गया तो जमादार हरनाम सिंह ने फायर बंद करा दिया और दाढ़ी में कंघी करनी शुरू कर दी। इससे छुट्टी पाकर उसने जाली के अंदर सारे बाल बड़े सलीके से जमाये और बन्ता सिंह से पूछा- "ओय बन्ता सिंहा! चपड़ झुनझुन कहाँ गया?"

बन्ता सिंह ने चीड़ की भूखी लकड़ी से बिरोजा अपने नाखूनों से अलग करते हुए कहा- "पता नहीं।"

सूबेदार हरनाम सिंह ने कहा- "कुत्ते को घी हजम नहीं हुआ?"

बन्ता सिंह इस मुहावरे का मतलब नहीं समझा- "हमने तो उसे घी की कोई चीज नहीं खिलायी थी।"

यह सुनकर जमादार हरनाम सिंह बड़े जोर से हँसा- "ओये अनपढ़! तेरे साथ तो बात करना, पंचानवे का घाटा है!"

तभी वह सिपाही, जो पहरे पर था और दूरबीन लगाए, इधर-उधर देख रहा था, एकदम चिल्लाया- "वह...वह आ रहा है!"

सब चौंक पड़े। जमादार हरनाम सिंह ने पूछा- "कौन?"

पहरे के सिपाही ने कहा- "क्या नाम था उसका?...चपड़ झुनझुन!"

"चपड़ झुनझुन?" यह कह कर सूबेदार हरनाम सिंह उठा, "क्या कर रहा है वो?"

पहरे के सिपाही ने जवाब दिया- "आ रहा है।"

सूबेदार हरनाम सिंह ने दूरबीन उसके हाथ से ली और देखना शुरू किया- "इधर ही आ रहा है। रस्सी बँधी हुई है गले में लेकिन, यह तो उधर से आ रहा है, दुश्मन के मोर्चे से।" कह कर उसने कुत्ते की माँ को बहुत बड़ी गाली दी। इसके बाद उसने बंदूक उठाई और निशाना बाँधकर फायर किया। निशाना चूक गया। गोली कुत्ते के कुछ फासले पर पत्थरों की किरचें उड़ाती, ज़मीन में दफन हो गई। कुत्ता सहम कर रुक गया।

दूसरे मोर्चे में सूबेदार हिम्मत खान ने दूरबीन में से देखा कि कुत्ता पगडंडी पर खड़ा है। एक और फायर हुआ तो वह दुम दबाकर उल्टी तरफ भागा- सूबेदार हिम्मत खान के मोर्चे की तरफ। सूबेदार ने जोर से पुकारा- "बहादुर, डरा नहीं करते। चल वापस।" और उसने डराने के लिए एक फायर किया। कुत्ता रुक गया। उधर से जमादार हरनाम सिंह ने बंदूक चलाई। गोली कुत्ते के कान के पास से सनसनाती हुई गुजर गई। उसने उछलकर ज़ोर-ज़ोर से दोनों कान फड़फड़ाने शुरू किए। उधर से सूबेदार हिम्मत खान ने दूसरा फायर किया। गोली उसके अगले पंजों के पास पत्थरों में धँस गई। बौखलाकर कभी वह इधर दौड़ा, कभी उधर। उसकी इस बौखलाहट से हिम्मत खान और हरनाम सिंह, दोनों बहुत खुश हुए और खूब ठहाके लगाते रहे। कुत्ते ने जमादार हरनाम सिंह के मोर्चे की तरफ भागना शुरू किया। उसने यह देखा तो बड़े ताव में आकर मोटी-सी गाली दी और अच्छी तरह निशान बाँधकर फायर किया। गोली कुत्ते की टाँग में लगी। आसमान को चीरती हुई एक चीख बुलंद हुई। कुत्ते ने अपना रुख बदला। लँगड़ा-लँगड़ाकर सूबेदार हिम्मत खान के मोर्चे कि तरफ दौड़ने लगा तो उधर से भी फायर हुआ, पर वह सिर्फ डराने के लिए किया गया था। हिम्मत खान फायर करते ही चिल्लाया- "बहादुर!...बहादुर परवाह नहीं किया करते जख्मों की। खेल जाओ अपनी जान पर...जाओ...जाओ!"

कुत्ता फायर से घबराकर मुड़ा। उसकी एक टाँग बिल्कुल बेकार हो गई थी। बाकी तीन टाँगों की मदद से उसने खुद को चंद कदम दूसरी ओर घसीटा था कि जमादार हरनाम सिंह ने निशाना ताककर गोली चलाई, जिससे वह वहीं ढेर हो गया।

सूबेदार हिम्मत खान ने अफसोस के साथ कहा- "च...च...च...! शहीद हो गया बेचारा!"

जमादार हरनाम सिंह ने बंदूक की गर्म-गर्म नाली अपने हाथ में ली और कहा- "वही मौत मरा, जो कुत्ते की होती है!"

□□□

5
टोबा टेक सिंह

बंटवारे के दो-तीन साल बाद पाकिस्तान और हिंदुस्तान की हुकूमतों को ख्याल आया कि अख़लाकी कैदियों की तरह पागलों का भी तबादला होना चाहिए, यानी जो मुसलमान पागल हिंदुस्तान के पागलखानों में हैं उन्हें पाकिस्तान पहुँचा दिया जाये और जो हिंदू और सिख पाकिस्तान के पागलखानों में है उन्हें हिंदुस्तान के हवाले कर दिया जाये।

मालूम नहीं यह बात माकूल थी या गैर-माकूल थी। बहरहाल, दानिशमंदों के फैसले के मुताबिक इधर-उधर ऊँची सतह की कांफ्रेंसें हुई और दिन आखिर एक दिन पागलों के तबादले के लिए मुकर्रर हो गया। अच्छी तरह छान बीन की गई। वो मुसलमान पागल जिनके लवाहिकीन (सम्बन्धी) हिंदुस्तान ही में थे वहीं रहने दिए गए थे। बाकी जो थे उनको सरहद पर रवाना कर दिया गया। यहाँ पाकिस्तान में चूँकि करीब-करीब तमाम हिंदु-सिख जा चुके थे इसलिए किसी को रखने-रखाने का सवाल ही न पैदा हुआ। जितने हिंदु-सिख पागल थे सबके सब पुलिस की हिफाजत में सरहद पर पहुँचा दिए गए।

उधर का मालूम नहीं। लेकिन इधर लाहौर के पागलखानों में जब इस तबादले की खबर पहुँची तो बड़ी दिलचस्प चेमिगोईयां होने लगी। एक मुसलमान पागल जो बारह बरस से हर रोज बाकायदगी के साथ 'जमींदार' पढ़ता था, उससे जब उसके एक दोस्त ने पूछा- "मौलवी साहब। ये पाकिस्तान क्या होता है?"

तो उसने बड़े गौर-ओ-फिक्र के बाद जवाब दिया- "हिंदुस्तान में एक ऐसी जगह है जहाँ उस्तरे बनते हैं।"

ये जवाब सुनकर उसका दोस्त मुतमइन हो गया।

इसी तरह एक और सिख पागल ने एक दूसरे सिख पागल से पूछा- "सरदार जी हमें हिंदुस्तान क्यों भेजा जा रहा है? हमें तो वहाँ की बोली नहीं आती।"

दूसरा मुस्कराया- "मुझे तो हिंदुस्तान की बोली आती है, हिंदुस्तानी बड़े शैतानी अकड़-अकड़ फिरते हैं।"

एक मुसलमान पागल ने नहाते-नहाते 'पाकिस्तान जिंदाबाद' का नारा इस जोर से बुलंद किया कि फर्श पर फिसल कर गिरा और बेहोश हो गया।

कुछ पागल ऐसे थे जो पागल नहीं थे। उनमें अक्सरियत ऐसे कातिलों की थी जिनके रिश्तेदारों ने अफसरों को दे- दिलाकर पागलखाने भिजवा दिया था कि फांसी के फंदे से बच जाएं। ये कुछ-कुछ समझते थे कि हिंदुस्तान क्यों तकसीम हुआ और यह पाकिस्तान क्या है, लेकिन सही वाकियात से ये भी बेखबर थे। अखबारों से कुछ पता नहीं चलता था और पहरेदार सिपाही अनपढ़ और जाहिल थे। उनकी गुफ्तगू (बातचीत) से भी वो कोई नतीजा बरामद नहीं कर सकते थे। उनको सिर्फ इतना मालूम था कि एक आदमी मोहम्मद अली जिन्ना है, जिसको काइद-ए-आज़म कहते हैं। उसने मुसलमानों के लिए एक अलाहिदा मुल्क बनाया है, जिसका नाम पाकिस्तान है। यह कहाँ है? इसका महल-ए-वकूअ (स्थल) क्या है? इसके मुतअल्लिक वह कुछ नहीं जानते थे। यही वजह है कि पागल खाने में वो सब पागल जिनका दिमाग पूरी तरह माऊफ नहीं हुआ था, इस मुखमसे में गिरफ्तार थे कि वो पाकिस्तान में हैं या हिंदुस्तान में। अगर हिंदुस्तान में हैं तो पाकिस्तान कहाँ है। अगर वो पाकिस्तान में है तो ये कैसे हो सकता है, क्योंकि कुछ अरसा पहले यहाँ रहते हुए भी हिंदुस्तान में थे! एक पागल तो पाकिस्तान और हिंदुस्तान और हिंदुस्तान और पाकिस्तान के चक्कर में कुछ ऐसा गिरफ्तार हुआ कि और ज्यादा पागल हो गया। झाड़ू देते-देते एक दिन दरख्त पर चढ़ गया और टहनी पर बैठ कर दो घंटे मुसलसल तकरीर करता रहा, जो पाकिस्तान और हिंदुस्तान के नाजुक मसले पर थी। सिपाहियों ने उसे नीचे उतरने को कहा तो वो और ऊपर चढ़ गया। डराया, धमकाया गया तो उसने कहा- "मैं न हिंदुस्तान में रहना चाहता हूँ न पाकिस्तान में। मैं इस दरख्त पर ही रहूँगा।"

एक एम. एस. सी. पास रेडियो इंजीनियर में, जो मुसलमान था और दूसरे पागलों से बिल्कुल अलग-थलग, बाग की एक खास रविश (क्यारी) पर सारा दिन खामोश टहलता रहता था, यह तब्दीली नुमूदार हुई कि उसने तमाम कपड़े उतारकर हवलदार के हवाले कर दिए और नंग-धड़ंग सारे बाग में चलना शुरू कर दिया।

चैनयूट के एक मोटे मुसलमान पागल ने, जो मुस्लिम लीग का एक सरगर्म कारकुन था और दिन में पंद्रह-सोलह मर्तबा नहाता था, यकलख्त (एकदम) यह आदत तर्क (छोड़) कर दी। उसका नाम मुहम्मद अली था। चुनाँचे उसने एक दिन अपने जंगले में ऐलान कर दिया कि वह काइद-ए-आज़म मोहम्मद अली जिन्ना है। उसकी देखा देखी एक सिख पागल मास्टर तारा सिंह बन गया। करीब था कि इस जंगले में खून-खराबा हो जाए, मगर दोनों को खतरनाक पागल करार देकर अलाहिदा-अलाहिदा बंद कर दिया गया।

लाहौर का एक नौजवान हिंदू वकील था जो मोहब्बत में मुब्तिला होकर पागल हो गया था। जब उसने सुना कि अमृतसर हिंदुस्तान में चला गया है तो उसे बहुत दुख हुआ। इसी शहर की एक हिंदू लड़की से उसे मोहब्बत हो गई थी। तो उसने इस वकील को ठुकरा दिया था, मगर दीवानगी की हालत में भी वह उसको नहीं भूला था। चुनाँचे वह उन तमाम मुस्लिम लीडरों को गालियां देता था, जिन्होंने मिल मिलाकर हिंदुस्तान के दो टुकड़े कर दिए, उसकी महबूबा हिंदुस्तानी बन गई और वह पाकिस्तानी।

जब तबादले की बात शुरू हुई तो वकील को कई पागलों ने समझाया कि वह दिल बुरा न करे, उसको हिंदुस्तान वापस भेज दिया जाएगा। उस हिंदुस्तान में जहाँ उसकी महबूबा रहती है। मगर वह लाहौर छोड़ना नहीं चाहता था, इस ख्याल से कि अमृतसर में उसकी प्रैक्टिस नहीं चलेगी।

यूरोपियन वार्ड में दो ऐंग्लो-इण्डियन पागल थे। उनको जब मालूम हुआ कि हिंदुस्तान को आजाद करके अंग्रेज चले गए हैं तो उनको बहुत रंज हुआ। वह छिप-छिपकर इस मसले पर गुफ्तगू करते रहते कि "पागलखाने में उनकी हैसियत क्या होगी? यूरोपियन वार्ड रहेगा या उड़ जाएगा? ब्रेकफास्ट मिलेगा या नहीं? क्या उन्हें डबलरोटी के बजाय ब्लडी इंडियन चपाती तो जहर मार नहीं करनी पड़ेगी?"

एक सिख था जिसको पागलखाने में दाखिल हुए पंद्रह बरस हो चुके थे। हर वक्त उसकी जबान पर अजीबो-गरीब अल्फ़ाज़ सुनने में आते थे- "ओपड़ी गुड़गुड़ दी एन्क्स दी बेध्याना विमन्ना दी बाल आफ दी लालटेन।" वो न दिन में सोता था न रात में। पहरेदारों का कहना था कि पंद्रह बरस के तवील अर्से में वो एक लम्हे के लिए भी नहीं सोया। लेटा भी नहीं था। अलबत्ता किसी दीवार के साथ टेक लगा लेता था।

हर वक्त खड़ा रहने से उसके पाँव सूज गए थे। पिंडलियां भी फूल गई थीं। मगर उस जिस्मानी तकलीफ के बावजूद वह लेटकर आराम नहीं करता था। हिंदुस्तान-पाकिस्तान और पागलों के तबादले के मुतअल्लिक जब कभी पागलखाने में गुफ्तगू होती थी तो वह गौर से सुनता था। कोई उससे पूछता कि उसका क्या खयाल है तो बड़ी संजीदगी से जवाब देता- "ओपड़ी गुड़गुड़ दी एन्क्स दी बेध्याना विमन्ना दी वाल आफ दी पाकिस्तान गवर्नमेंट।"

लेकिन बाद में 'आफ दी पाकिस्तान गवर्नमेंट' की जगह 'आफ दी टोबा टेक सिंह गवर्नमेंट' ने ले ली और उसने दूसरे पागलों से पूछना शुरू किया कि 'टोबा टेक सिंह कहाँ है?' जहाँ का वो रहने वाला है। लेकिन किसी को भी नहीं मालूम था कि वो पाकिस्तान में है या हिंदुस्तान में। जो यह बताने की कोशिश करते थे वो खुद इस उलझाव में गिरफ्तार हो जाते थे कि सियालकोट पहले हिंदुस्तान में होता था, पर अब सुना है कि पाकिस्तान में है।

क्या पता है कि लाहौर जो अब पाकिस्तान में है कल हिंदुस्तान में चला जाएगा या सारा हिंदुस्तान ही पाकिस्तान बन जाएगा और यह भी कौन सीने पर हाथ रखकर कह सकता था कि हिंदुस्तान और पाकिस्तान दोनों किसी दिन सिरे से गायब हो हो जाएं।

उस सिख पागल के केस छिदरे होकर बहुत मुख्तसर रह गए थे। चूँकि वह बहुत कम नहाता था, इसलिए दाढ़ी और सर के बाल आपस में जम गए थे जिसके बाइस (कारण) उसकी शक्ल बड़ी भयानक हो गई थी। मगर आदमी बेज़रर (अहानिकारक) था। पंद्रह बरसों में उसने किसी से झगड़ा-फसाद नहीं किया था। पागलखाने के जो पुराने मुलाज़िम थे, वो उसके मुतअल्लिक इतना जानते थे कि टोबा टेक सिंह में उसकी कई जमीनें थी। अच्छा खाता-पीता जमींदार था कि अचानक दिमाग उलट गया। उसके रिश्तेदार लोहे की मोटी-मोटी जंजीरों में उसे बांधकर लाए और पागलखाने में दाखिल करा गए।

महीने में एक बार मुलाकात के लिए ये लोग आते थे और उसकी खैर-खैरियत दरयाफ्त करके चले जाते थे। एक मुद्दत तक ये सिलसिला जारी रहा, पर जब पाकिस्तान-हिंदुस्तान की गड़बड़ शुरू हुई तो उनका आना बंद हो गया।

उसका नाम बिशन सिंह था। मगर सब उसे टोबा टेक सिंह कहते थे। उसको ये मालूम नहीं था कि दिन कौन-सा है, महीना कौन-सा है या कितने दिन बीत चुके हैं। लेकिन हर महीने जब उसके अजीज व अकारिब (सम्बन्धी) उससे मिलने के लिए आते तो उसे अपने आप पता चल जाता था। चुनाँचे वो हवलदार से कहता कि उसकी मुलाकात आ रही है। उस दिन वह अच्छी तरह नहाता, बदन पर खूब साबुन घिसता और सिर में तेल लगाकर कंघा करता। अपने कपड़े जो वह कभी इस्तेमाल नहीं करता था, निकलवा के पहनता और यूं सज-बन कर मिलने वालों के पास आता। वो उससे कुछ पूछते तो वह खामोश रहता या कभी-कभार 'ओपड़ी गुड़गुड़ दी एन्क्स दी वेध्याना विमन्ना दी वाल आफ दी लालटेन' कह देता। उसकी एक लड़की थी जो हर महीने एक उंगली बढ़ती-बढ़ती पंद्रह बरसों में जवान हो गई थी। बिशन सिंह उसको पहचानता ही नहीं था। वह बच्ची जब थी तब भी अपने बाप को देखकर रोती थी, जवान हुई तब भी उसकी आँख में आंसू बहते थे। पाकिस्तान और हिंदुस्तान का किस्सा शुरू हुआ तो उसने दूसरे पागलों से पूछना शुरू किया कि 'टोबा टेक सिंह कहाँ है?' जब इत्मीनान बख्श (सन्तोषजनक) जवाब न मिला तो उसकी कुरेद दिन-ब-दिन बढ़ती गई। अब मुलाकात नहीं आती है। पहले तो उसे अपने आप पता चल जाता था कि मिलने वाले आ रहे हैं, पर अब जैसे उसके दिल की आवाज भी बंद हो गई थी जो उसे उनकी आने की खबर दे दिया करती थी।

उसकी बड़ी ख्वाहिश थी कि वो लोग आएं जो उससे हमदर्दी का इजहार करते थे ओर उसके लिए फल, मिठाइयां और कपड़े लाते थे। वो उनसे अगर पूछता कि 'टोबा टेक सिंह

कहाँ है?' तो यकीनन वो उसे बता देते कि पाकिस्तान में है या हिंदुस्तान में, क्योंकि उसका ख्याल था कि वो टोबा टेक सिंह से ही आते हैं, जहाँ उसकी जमीनें हैं।

पागलखाने में एक पागल ऐसा भी था जो खुद को खुदा कहता था। उससे जब एक दिन बिशन सिंह ने पूछा- "टोबा टेक सिंह पाकिस्तान में है या हिंदुस्तान में?" तो उसने हस्ब-ए-आदत (आदत के अनुसार) कहकहा लगाया और कहा- "वो न पाकिस्तान में है न हिंदुस्तान में, इसलिए कि हमने अभी तक हुक्म नहीं लगाया।"

बिशन सिंह ने इस खुदा से कई मर्तबा बड़ी मिन्नत समाजत से कहा कि वो हुक्म दे दे ताकि झंझट खत्म हो, मगर वो बहुत मसरूफ था, इसलिए कि उसे बेशुमार हुक्म देने थे। एक दिन तंग आकर वह उस पर बरस पड़ा- "ओपड़ी गुड़गुड़ दी एन्क्स दी बेध्याना विमन्ना दी वाल आफ वाहे गुरूजी दा खलसा एन्ड वाहे गुरूजी की फतह। जो बोले सो निहाल, सत सिरी अकाल।" उसका शायद यह मतलब था कि तुम मुसलमान के खुदा हो, सिखों के खुदा होते तो जरूर मेरी सुनते। तबादले से कुछ दिन पहले टोबा टेक सिंह का एक मुसलमान दोस्त मुलाकात के लिए आया। पहले वह कभी नहीं आया था। जब बिशन सिंह ने उसे देखा तो एक तरफ हट गया और वापस आने लगा मगर सिपाहियों ने उसे रोका- "ये तुमसे मिलने आया है, तुम्हारा दोस्त फजलदीन है!"

बिशन सिंह ने फजलदीन को देखा और कुछ बड़बड़ाने लगा। फजलदीन ने आगे बढ़कर उसके कंधे पर हाथ रखा- "मैं बहुत दिनों से सोच रहा था कि तुमसे मिलूं लेकिन फुर्सत ही न मिली। तुम्हारे सब आदमी खैरियत से चले गए थे। मुझसे जितनी मदद हो सकी मैंने, की। तुम्हारी बेटी रूप कौर!" वह कुछ कहते-कहते रुक गया। बिशन सिंह कुछ याद करने लगा- "बेटी रूप कौर!" फजलदीन ने रुक कर कहा- "हाँ वह भी ठीक ठाक है। उनके साथ ही चली गई थी।"

बिशन सिंह खामोश रहा। फजलदीन ने कहना शुरू किया- "उन्होंने मुझसे कहा था कि तुम्हारी खैर-खैरियत पूछता रहूं। अब मैंने सुना है कि तुम हिंदुस्तान जा रहे हो! भाई बलबीर सिंह और भाई वधावा सिंह से सलाम कहना और बहन अमृत कौर से भी। भाई बलबीर से कहना फजलदीन राजी-खुशी है। वो भूरी भैंसे जो वो छोड़ गए थे, उनमें से एक ने कट्टा दिया है। दूसरी के कट्टी हुई थी पर वो छः दिन की हो के मर गई और मेरे लायक जो खिदमत हो कहना, मैं हर वक्त तैयार हूँ और ये तुम्हारे लिए थोड़े से मरोंडे लाया हूँ।"

बिशन सिंह ने मरोंडे की पोटली लेकर पास खड़े सिपाही के हवाले कर दी और फजलदीन से पूछा- "टोबा टेक सिंह कहाँ है?"

टोबा टेक सिंह! उसने कदरे हैरत से कहा- "कहाँ है! वहीं है, जहाँ था।"

बिशन सिंह ने पूछा- "पाकिस्तान में या हिंदुस्तान में?"

"हिन्दुस्तान में! नहीं-नहीं पाकिस्तान में!" फजलदीन बौखला-सा गया।

बिशन सिंह बड़बड़ाता हुआ चला गया- "ओपड़ी गुड़गुड़ दी एन्क्स दी बेध्याना विमन्ग दी वाल आफ दी पाकिस्तान एन्ड हिन्दुस्तान आफ दी हए फिटे मुँह।"

तबादले की तैयारियां मुकम्मल हो चुकी थीं। इधर से उधर और उधर से इधर आने वाले पागलों की फेहरिस्तें (सूचियां) पहुंच गयी थीं, तबादले का दिन भी मुकर्रर हो गया था। सख्त सर्दियां थीं। जब लाहौर के पागलखाने से हिंदू-सिख पागलों से भरी हुई लारियां पुलिस के मुहाफिज दस्ते के साथ रवाना हुई तो मुतअल्लिका (संबंधित) अफसर भी हमराह थे। वाघा के बॉर्डर पर तरफैन के (दोनों तरफ से) सुपरिटेंडेंट एक दूसरे से मिले और इब्तिदाई कार्रवाई खत्म होने के बाद तबादला शुरू हो गया जो रात भर जारी रहा।

पागलों को लारियों से निकालना और उनको दूसरे अफसरों के हवाले करना बड़ा कठिन काम था। कुछ तो बाहर निकलते ही नहीं थे। जो निकलने पर रजामंद होते थे, उनको संभालना मुश्किल हो जाता था क्योंकि इधर-उधर भाग उठते थे। जो नंगे थे उनको कपड़े पहनाए जाते, तो वो फाड़कर अपने तन से जुदा कर देते। कोई गालियां बक रहा है, कोई गा रहा है। आपस में लड़-झगड़ रहे हैं, रो रहे हैं, बक रहे हैं। कान में पड़ी आवाज सुनाई नहीं देती थी। पागल औरतों का शेर-ओ-गोगा अलग था और सर्दी इतने कड़ाके की थी कि दाँत बज रहे थे।

पागलों की अक्सरियत इस तबादले के हक में नहीं थी। इसलिए कि उनकी समझ में नहीं आता था कि उन्हें अपनी जगह से उखाड़कर कहाँ फेंका जा रहा है। चंद जो कुछ सोच रहे थे- 'पाकिस्तान जिन्दाबाद' के नारे लगा रहे थे। दो-तीन मर्तबा फसाद होते-होते बचा, क्योंकि कुछ मुसलमान और सिखों को ये नारे सुनकर तैश आ गया।

जब बिशन सिंह की बारी आई ओर वाघा के उस पार मुतअल्लिका अफसर उसका नाम रजिस्टर में दर्ज करने लगा तो उसने पूछा- "टोबा टेक सिंह कहाँ है? पाकिस्तान में या हिन्दुस्तान में?" मुतअल्लिका अफसर हंसा- "पाकिस्तान में।"

यह सुनकर बिशन सिंह उछलकर एक तरफ हटा और दौड़कर अपने बाकी मांदा साथियों के पास पहुंच गया। पाकिस्तानी सिपाहियों ने उसे पकड़ लिया और दूसरी तरफ ले जाने लगे। मगर उसने चलने से इंकार कर दिया और जोर-जोर से चिल्लाने लगा- "टोबा टेक सिंह कहाँ है? ओपड़ी गुड़गुड़ दी एन्क्स दी बेध्याना विमन्ग दी वाल आफ दी टोबा टेकसिंह एन्ड पाकिस्तान।"

उसे बहुत समझाया गया कि देखो अब टोबा टेक सिंह हिंदुस्तान में चला गया है। अगर नहीं गया तो उसे फौरन वहाँ भेज दिया जाएगा। मगर वो न माना। जब उसको जबरदस्ती दूसरी तरफ ले जाने की कोशिश की गई तो वह दरमियान में एक जगह इस अंदाज में अपनी सूजी हुई टांगों पर खड़ा हो गया जैसे अब उसे वहाँ से कोई ताकत नहीं हटा सकेगी।

आदमी चूंकि बेज़रर था इसलिए उससे मजीद जबरदस्ती न की गई। उसको वहीं खड़ा रहने दिया गया और बाकी काम होता रहा। सूरज निकलने से पहले साकित व साकिन (शान्त) बिशनसिंह हलक से एक फलक शिगाफ (आसमान को फाड़ देने वाली) चीख निकली। इधर-उधर से कई अफसर दौड़े आए और देखा कि वो आदमी जो पंद्रह बरस तक दिन-रात अपनी टांगों पर खड़ा रहा, औंधे मुँह लेटा था। उधर खारदार तारों के पीछे हिंदुस्तान था। इधर वैसे ही तारों के पीछे पाकिस्तान। दरमियान में जमीन के इस टुकड़े पर, जिसका कोई नाम नहीं था, टोबा टेक सिंह पड़ा था।

□□□

6
ठंडा गोश्त

ईशर सिंह ज्यों ही होटल के कमरे में दाखिला हुआ, कुलवंत कौर पलंग पर से उठी। अपनी तेज-तेज आँखों से उसकी तरफ घूर के देखा और दरवाजे की चिट्खनी बंद कर दी। रात के बारह बज चुके थे। शहर का वातावरण एक अजीब रहस्यमयी खामोशी में गर्क था।

कुलवंत कौर पलंग पर आलती-पालती मारकर बैठ गई। ईशर सिंह, जो शायद अपने समस्या पूर्ण विचारों के उलझे हुए धागे खोल रहा था, हाथ में कृपान लेकर उस कोने में खड़ा था। कुछ क्षण इसी तरह खामोशी में बीत गए। कुलवंत कौर को थोड़ी देर के बाद अपना आसन पसंद न आया और दोनों टाँगें पलंग के नीचे लटकाकर उन्हें हिलाने लगी। ईशर सिंह फिर भी कुछ न बोला।

कुलवंत कौर भरे-भरे हाथ-पैरों वाली औरत थी। चौड़े-चकले कूल्हे थुलथुल करने वाले गोश्त से भरपूर। कुछ बहुत ही ज्यादा ऊपर को उठा हुआ सीना, तेज आँखें, ऊपरी होंठ पर सुरमई गुबार, ठोढ़ी की बनावट से पता चलता था कि बड़े धड़ल्ले की औरत है।

ईशर सिंह सिर नीचा किए एक कोने में चुपचाप खड़ा था। सिर पर उसके कसकर बाँधी हुई पगड़ी ढीली हो रही थी। उसने हाथ में जो कृपान थामी हुई थी, उसमें थोड़ी-थोड़ी कंपन थी, उसके आकार-प्रकार और डील-डोल से पता चलता था कि वह कुलवंत कौर जैसी औरत के लिए सबसे उपयुक्त मर्द है।

कुछ क्षण जब इसी तरह खामोशी में बीत गए तो कुलवंत कौर छलक पड़ी, लेकिन तेज-तेज आँखों को नचाकर वह सिर्फ इस कदर कह सकी- "ईशरसियाँ!"

ईशर सिंह ने गर्दन उठाकर कुलवन्त कौर की तरफ देखा, मगर उसकी निगाहों की गोलियों की ताब न लाकर मुँह दूसरी तरफ मोड़ लिया।

कुलवंत कौर चिल्लाई- "ईशर सिंह!" लेकिन फौरन ही आवाज भींच ली, पलंग पर से उठकर उसकी तरफ होती हुई बोली- "कहाँ गायब रहे तुम इतने दिन?"

ईशर सिंह ने खुश्क होठों पर जबान फेरी- "मुझे मालूम नहीं।"

कुलवन्त कौर भन्ना गई- "यह भी कोई माइयावाँ जवाब है!"

ईशर सिंह ने कृपान एक तरफ फेंक दी और पलंग पर लेट गया। ऐसा मालूम होता था, वह कई दिनों का बीमार है। कुलवंत कौर ने पलंग की तरफ देखा, जो अब ईशर सिंह से लबालब भरा था और उसके दिल में हमदर्दी की भावना पैदा हो गई। चुनाँचे उसके माथे पर हाथ रखकर उसने बड़े प्यार से पूछा- "जानी! क्या हुआ तुम्हें?"

ईशर सिंह छत की तरफ देख रहा था। उससे निगाहें हटाकर उसने कुलवंत कौर के परिचित चेहरे को टटोलना शुरू किया- "कुलवंत।"

आवाज में दर्द था। कुलवंत कौर सारी-की-सारी सिमटकर अपने ऊपरी होंठ में आ गई- "हाँ, जानी।" कहकर वह उसको दाँतों से काटने लगी।

ईशर सिंह ने पगड़ी उतार दी। कुलवंत कौर की तरफ सहारा लेने वाली निगाहों से देखा। उसके गोश्त भरे कुल्हे पर जोर से थप्पड़ मारा और सिर को झटका देकर अपने-आपसे कहा- "इस कुड़ी दा दिमाग ही खराब है।"

झटके देने से उसके केश खुल गए। कुलवंत अँगुलियों से उनमें कंघी करने लगी। ऐसा करते हुए उसने बड़े प्यार से पूछा- "ईशरसियाँ! कहाँ रहे तुम इतने दिन?"

"बुरे की मां के घर।" ईशर सिंह ने कुलवंत कौर को घूरकर देखा और फौरन दोनों हाथों से उसके उभरे हुए सीने को मसलने लगा- "कसम वाहे गुरु की, बड़ी जानदार औरत हो!"

कुलवन्त कौर ने एक अदा के साथ ईशर सिंह के हाथ एक तरफ झटक दिए और पूछा- "तुम्हें मेरी कसम, बताओ कहाँ रहे? शहर गए थे?"

ईशर सिंह ने एक ही लपेट में अपने बालों का जूड़ा बनाते हुए जवाब दिया- "नहीं।"

कुलवंत कौर चिड़ गई- "नहीं, तुम जरूर शहर गए थे! और तुमने बहुत-सा रुपया लूटा है, जो मुझसे छुपा रहे हो।"

"वह अपने बाप का तुख्म न हो, जो तुमसे झूठ बोले।"

कुलवंत कौर थोड़ी देर के लिए खामोश हो गई, लेकिन फौरन ही भड़क उठी, "लेकिन मेरी समझ में नहीं आता, उस रात तुम्हें हुआ क्या? अच्छे-भले मेरे साथ लेटे थे। मुझे तुमने वे तमाम गहने पहना रखे थे, जो तुम शहर से लूटकर लाए थे। मेरी पप्पियाँ ले रहे थे। पर जाने एकदम तुम्हें क्या हुआ, उठे और कपड़े पहनकर बाहर निकल गए।"

ईशर सिंह का रंग जर्द हो गया। कुलवंत ने यह तब्दीली देखते ही कहा- "देखा, कैसे रंग पीला पड़ गया ईशर सियाँ, कसम वाहे गुरु की, जरूर कुछ दाल में काला है।"

"तेरी जान कसम, कुछ भी नहीं!"

ईशर सिंह की आवाज बेजान थी। कुलवंत कौर का शुब्हा और ज्यादा मजबूत हो गया। ऊपरी होंठ भींच कर उसने एक-एक शब्द पर जोर देते हुए कहा- "ईशर सियाँ! क्या बात है, तुम वह नहीं हो, जो आज से आठ रोज पहले थे?"

ईशर सिंह एकदम उठ बैठा, जैसे किसी ने उस पर हमला किया था। कुलवंत कौर को अपने मजबूत बाजुओं में समेटकर उसने पूरी ताकत के साथ झंझोड़ना शुरू कर दिया- "जानी, मैं वहीं हूँ। घट-घट कर पा जफियाँ, तेरी निकले हड्डाँ दी गर्मी।"

कुलवंत कौर ने कोई बाधा न दी, लेकिन वह शिकायत करती रही- "तुम्हें उस रात क्या हो गया था?"

"बुरे की माँ का वह हो गया था!"

"बताओगे नहीं?"

"कोई बात हो तो बताऊँ।"

"मुझे अपने हाथों से जलाओ, अगर झूठ बोलो।"

ईशर सिंह ने अपने बाजू उसकी गर्दन में डाल दिये और होंठ उसके होंठ पर गड़ा दिए। मूँछों के बाल कुलवंत कौर के नथूनों में घुसे, तो उसे छींक आ गई। ईशर सिंह ने अपनी सदरी उतार दी और कुलवंत कौर को वासनामयी नजरों से देखकर कहा- "आओ जानी, एक बाजी ताश की हो जाए।"

कुलवंत कौर के ऊपरी होंठ पर पसीने की नन्ही-नन्ही बूंदें फूट आईं। एक अदा के साथ उसने अपनी आँखों की पुतलियाँ घुमाईं और कहा- "चल, दफा हो।"

ईशर सिंह ने उसके भरे हुए कूल्हे पर जोर से चुटकी भरी। कुलवंत कौर तड़पकर एक तरफ हट गई- "न कर ईशर सियाँ, मेरे दर्द होता है!"

ईशर सिंह ने आगे बढ़कर कुलवंत कौर की ऊपरी होंठ अपने दाँतों तले दबा लिया और किचकिचाने लगा। कुलवंत कौर बिल्कुल पिघल गई। ईशर सिंह ने अपना कुर्ता उतारकर फेंक दिया और कहा- "तो फिर हो जाए तुरुप चाल।"

कुलवंत कौर का ऊपरी होंठ कँपकँपाने लगा। ईशर सिंह ने दोनों हाथों से कुलवंत कौर की कमीज़ का घेरा पकड़ा और जिस तरह बकरे की खाल उतारते हैं, उसी तरह उसको उतारकर एक तरफ रख दिया। फिर उसने घूर कर उसके नंगे बदन को देखा और जोर से उसके बाजू पर चुटकी भरते हुए कहा- "कुलवंत, कसम वाहे गुरु की! बड़ी करारी औरत हो तुम।"

कुलवंत कौर अपने बाजू पर उभरते हुए धब्बे को देखने लगी- "बड़ा जालिम है तू ईशरसियाँ।"

ईशर सिंह अपनी घनी काली मूँछों में मुस्कराया- "होने दे आज जालिम।" और यह कहकर उसने और जुल्म ढाने शुरू किए। कुलवंत कौर का ऊपरी होंठ दाँतों तले किचकिचाया, कान की लवों को काटा, उभरे हुए सीने को भँभोड़ा, भरे हुए कूल्हों पर आवाज पैदा करने वाले चाँटे मारे, गालों के मुँह भर-भरकर बोसे लिये, चूस-चूसकर उसका सीना थूकों से लथेड़ दिया। कुलवंत कौर तेंज आँच पर चढ़ी हुई हांड़ी की तरह उबलने लगी। लेकिन ईशर सिंह उन तमाम हीलों के बावजूद खुद में हरकत पैदा न कर सका। जितने गुर और जितने दाँव उसे याद थे, सबके-सब उसने पिट जाने वाले पहलवान की तरह इस्तेमाल कर दिए, पर कोई कारगर न हुआ। कुलवंत कौर के सारे बदन के तार तनकर खुद-ब-खुद बज रहे थे, गैर जरूरी छेड़-छाड़ से तंग आकर कहा- "ईशर सियाँ, काफी फेंट चुका है, अब पत्ता फेंक!"

यह सुनते ही ईशर सिंह के हाथ से जैसे ताश की सारी गड्डी नीचे फिसल गई। हाँफता हुआ वह कुलवंत के पहलू में लेट गया और उसके माथे पर सर्द पसीने के लेप होने लगे।

कुलवंत कौर ने उसे गरमाने की बहुत कोशिश की, मगर नाकाम रही। अब तक सब कुछ मुँह से कहे बगैर होता रहा था, लेकिन जब कुलवंत कौर के क्रियापेक्षी अंगों को सख्त निराशा हुई तो वह झल्लाकर पलंग से उतर गई। सामने खूँटी पर चादर पड़ी थी, उसे उतारकर उसने जल्दी-जल्दी ओढ़कर और नथुने फुलाकर बिफरे हुए लहजे में कहा- "ईशर सियाँ, वह कौन हरामजादी है, जिसके पास तू इतने दिन रहकर आया है और जिसने तुझे निचोड़ डाला है?"

कुलवंत कौर गुस्से से उबलने लगी- "मैं पूछती हूँ? कौन है वह चड्डो, वह उल्फती, कौन है वह चोर-पत्ता?"

ईशर सिंह ने थके हुए लहजे में कहा- "कोई भी नहीं कुलवंत, कोई भी नहीं।"

कुलवंत कौर ने अपने उभरे हुए कूल्हों पर हाथ रखकर एक दृढ़ता के साथ कहा- "ईशर सियाँ! मैं आज झूठ-सच जानकर रहूँगी। खा वाहे गुरु जी की कसम, इसकी तह में कोई औरत नहीं?"

ईशर सिंह ने कुछ कहना चाहा, मगर कुलवंत कौर ने इसकी इजाजत न दी, "कसम खाने से पहले सोच ले कि मैं भी सरदार निहाल सिंह की बेटी हूँ, तिक्का-बोटी कर दूँगी अगर तूने झूठ बोला- ले, अब खा वाहे गुरु जी की कसम...इसकी तह में कोई औरत नहीं?"

ईशर सिंह ने बड़े दु:ख के साथ हाँ में सिर हिलाया। कुलवंत कौर बिल्कुल दीवानी हो गई। लपककर कोने में से कृपान उठाई, म्यान को केले के छिलके की तरह उतारकर एक तरफ फेंका और ईशर सिंह पर वार कर दिया।

आन-की-आन में लहू के फव्वारे छूट पड़े। कुलवंत कौर को इससे भी तसल्ली न हुई तो उसने वहशी बिल्लियों की तरह ईशर सिंह के केश नोचने शुरू कर दिए। साथ-ही-साथ वह अपनी नामालूम सौतन को मोटी-मोटी गालियाँ देती रही। ईशर सिंह ने थोड़ी देर बाद दुबली आवाज में विनती की, "जाने दे अब कुलवंत! जाने दे।"

आवाज में बला का दर्द था। कुलवंत कौर पीछे हट गई।

खून ईशर सिंह के गले में उड़-उड़ कर उसकी मूँछों पर गिर रहा था। उसने अपने काँपते होंठ खोले और कुलवंत कौर की तरफ शुक्रिया और शिकायतों की मिली-जुली निगाहों से देखा।

"मेरी जान! तुमने बहुत जल्दी की लेकिन जो हुआ, ठीक है।"

कुलवंत कौर फिर भड़की- "मगर वह कौन है, तेरी माँ?"

लहू ईशर सिंह की जबान तक पहुँच गया। जब उसने उसका स्वाद चखा तो उसके बदन में झुरझुरी-सी दौड़ गई।

"और मैं! और मैं भीनी या छ: आदमियों का कत्ल कर चुका हूँ...इसी कृपान से।"

कुलवंत कौर के दिमाग में दूसरी औरत थी- "मैं पूछती हूँ, कौन है वह हरामजादी?"

ईशर सिंह की आँखें धुँधला रही थीं। एक हल्की-सी चमक उनमें पैदा हुई और उसने कुलवंत कौर से कहा- "गाली न दे उस भड़वी को।"

कुलवन्त कौर चिल्लाई- "मैं पूछती हूँ, वह कौन?"

ईशर सिंह के गले में आवाज रुँध गई- "बताता हूँ।" कहकर उसने अपनी गर्दन पर हाथ फेरा और उस पर अपना जीता-जीता खून देखकर मुस्कराया- "इंसान माइयाँ भी एक अजीब चीज है।"

कुलवंत कौर उसके जवाब का इंतजार कर रही थी- "ईशर सिंह, तू मतलब की बात कर।"

ईशर सिंह की मुस्कराहट उसकी लहू भरी मूँछों में और ज्यादा फैल गई- "मतलब ही की बात कर रहा हूँ। गला चिरा हुआ है माइयाँ मेरा। अब धीरे-धीरे ही सारी बात बताऊँगा।"

और जब वह बताने लगा तो उसके माथे पर ठंडे पसीने के लेप होने लगे- "कुलवंत! मेरी जान- मैं तुम्हें नहीं बता सकता, मेरे साथ क्या हुआ? इंसान कुड़िया भी एक अजीब

चीज है। शहर में लूट मची तो सबकी तरह मैंने भी इसमें हिस्सा लिया। गहने-पाते और रुपये-पैसे जो भी हाथ लगे, वो मैंने तुम्हें दे दिए। लेकिन एक बात तुम्हें न बताई?"

ईशर सिंह ने घाव में दर्द महसूस किया और कराहने लगा। कुलवंत कौर ने उसकी तरफ तवज्जो न दी और बड़ी बेरहमी से पूछा- "कौन-सी बात?" ईशर सिंह ने मूँछों पर जमे हुए खून को उड़ाते हुए कहा- "जिस मकान पर मैंने धावा बोला था। उसमें सात! उसमें सात आदमी थे। छः मैंने कत्ल कर दिए, इसी कृपान से, जिससे तूने मुझे! छोड़ इसे...सुन...एक लड़की थी, बहुत ही सुन्दर, उसको उठाकर मैं अपने साथ ले आया।"

कुलवंत कौर खामोश सुनती रही। ईशर सिंह ने एक बार फिर फूँक मारकर मूँछों पर से लहू उड़ाया- "कुलवंती जानी, मैं तुमसे क्या कहूँ, कितनी सुंदर थी। मैं उसे भी मार डालता, पर मैंने कहा- "नहीं ईशर सियाँ, कुलवंत कौर के तो हर रोज मजे लेता है, यह मेवा भी चखकर देख!"

कुलवन्त कौर ने सिर्फ इस कदर कहा- "हूँ।"

"और मैं उसे कंधे पर डालकर चल दिया। रास्ते में...क्या कह रहा था मैं? हाँ, रास्ते में...नहर की पटरी के पास, थोहड़ की झाड़ियों तले मैंने उसे लिटा दिया- पहले सोचा कि फेंटूँ, फिर ख्याल आया कि नहीं।" यह कहते-कहते ईशर सिंह की जबान सूख गई।

कुलवंत ने थूक निगलकर हलक तर किया और पूछा- "फिर क्या हुआ?"

ईशर सिंह के हलक से मुश्किल से ये शब्द निकले- "मैंने...मैंने पत्ता फेंका...लेकिन...लेकिन...।"

उसकी आवाज डूब गई।

कुलवंत कौर ने उसे झंझोड़ा- "फिर क्या हुआ?"

ईशर सिंह ने अपनी बंद होती आँखें खोलीं और कुलवंत कौर के जिस्म की तरफ देखा, जिसकी बोटी-बोटी थिरक रही थी। "वह...वह मरी हुई थी...लाश थी...बिल्कुल ठंडा गोश्त...जानी, मुझे अपना हाथ दे...!"

कुलवंत कौर ने अपना हाथ ईशर सिंह के हाथ पर रखा, जो बर्फ से भी ज्यादा ठंडा था।

□□□

7
बू

बरसात के यही दिन थे। खिड़की के बाहर पीपल के पत्ते इसी तरह नहा रहे थे। सागवान के स्प्रिंगदार पलंग पर, जो अब खिड़की के पास थोड़ा इधर सरका दिया गया, एक घाटन लड़की रणधीर के साथ लिपटी हुई थी।

खिड़की के पास बाहर पीपल के पत्ते रात के दूधिया अंधेरे में झूमरों की तरह थरथरा रहे थे, और शाम के समय, जब दिन भर एक अंग्रेजी अखबार की सारी खबरें और इश्तहार पढ़ने के बाद कुछ सुनाने के लिए वह बालकनी में आ खड़ा हुआ था, तो उसने उस घाटन लड़की को, जो साथ वाले रस्सियों के कारखाने में काम करती थी और बारिश से बचने के लिए इमली के पेड़ के नीचे खड़ी थी, खांस-खांस कर अपनी तरफ आकर्षित कर लिया था और उसके बाद हाथ के इशारे से ऊपर बुला लिया था।

वह कई दिनों की बेहद तनहाई से उकता गया था। विश्वयुद्ध के चलते बंबई की लगभग तमाम ईसाई छोकरियाँ, जो अमूमन सस्ते दामों में मिल जाया करती थीं, वैसी जवान औरत और लड़कियां अंग्रेजी फौज में भर्ती हो गई थीं। उनमें से कई ने फोर्ट के इलाके में डांस स्कूल खोल लिए थे। वहाँ सिर्फ फौजी गोरों को जाने की इजाजत थी।

इन हालत के चलते रणधीर बहुत उदास हो गया था। जहाँ उसकी उदासी का कारण यह था कि क्रिश्चियन छोकरियां दुर्लभ हो गई थीं। वहीं दुसरा यह कि फौजी गोरों के मुकाबले में कहीं ज्यादा सभ्य, पढ़ा-लिखा और खूबसूरत नौजवान होने के बावजूद रणधीर के लिए फोर्ट के लगभग तमाम दरवाजे बंद हो चुके थे, क्योंकि उसकी चमड़ी सफेद नहीं थी।

जंग के पहले रणधीर नागपाड़ा और ताजमहल होटल की कई मशहूर क्रिश्चियन लड़कियों से जिस्मानी रिश्ते कायम कर चुका था, उसे अच्छी तरह पता था कि इस किस्म के संबंधों के आधार पर वह उन क्रिश्चियन लड़कों के मुकाबले क्रिश्चियन लड़कियों के बारे में कहीं ज्यादा जानकारी रखता था, जिनसे ये छोकरियां फैशन के तौर पर रोमांस लड़ाती हैं और बाद में उन्हीं में से किसी बेवकूफ से शादी कर लेती हैं।

रणधीर ने महज हैजल से बदला लेने की खातिर उस घाटन लड़की जो अलहड़ मस्त जवानी से भरी हुई जवान लड़की थी को ऊपर बुलाया था। हैजल उसके फ्लैट के नीचे रहती थी। वह रोज सुबह वर्दी पहनकर कटे हुए बालों पर खाकी रंग की टोपी तिरछे कोण से जमा कर बाहर निकलती थी और ऐसे लड़कपन से चलती थी, जैसे फुटपाथ पर चलने वाले सभी लोग टाट की तरह उसके कदमों में बिछे चले जाएंगे। रणधीर सोचता था कि आखिर क्यों वह उन क्रिश्चियन छोकरियों की तरफ इतना ज्यादा रिझा हुआ है। इस में कोई शक नहीं कि वे मनचली लड़कियां अपने जिस्म की तमाम दिखाई जा सकने वाली चीजों की नुमाइश करती हैं। किसी किस्म की झिझक महसूस किए बगैर मनचली लड़की अपने कारनामों का जिक्र कर देती हैं। अपने बीते हुए पुराने रोमांसों का हाल सुना देती हैं। यह सब ठीक है, लेकिन किसी दूसरी जवान औरत में भी ये खूबियां हो सकती हैं।

रणधीर ने जब घाटन लड़की को इशारे से ऊपर बुलाया था तो उसे इस बात का कतई अंदाजा नहीं था कि वह उसे अपने साथ सुला भी लेगा। वह तो इसके वहाँ आने के थोड़ी देर के बाद उसके भीगे हुए कपड़े देखकर- यह शंका मन में उठी थी कि कहीं ऐसा न हो कि बेचारी को निमोनिया हो जाए। तो रणधीर ने उससे कहा था- "ये कपड़े उतार दो, सर्दी लग जाएगी।"

वह रणधीर की इस बात का मतलब समझ गई थी। उसकी आँखों में शर्म के लाल डोरे तैर गए थे। फिर भी जब रणधीर ने अपनी धोती निकालकर दी तो कुछ देर सोचकर अपना लहंगा उतार दिया, जिस पर मैल भीगने के कारण और भी उभर आया था।

लहंगा उतारकर उसने एक तरफ रख दिया और अपनी रानों पर जल्दी से धोती डाल ली। फिर उसने अपनी भिंची-भिंची टांगों से ही चोली उतारने की कोशिश की जिसके दोनों किनारों को मिलाकर उसने एक गांठ दे रखी थी। वह गांठ उसके तंदुरुस्त सीने के नन्हे लेकिन सिमटे गड्ढे में छिप गई थी।

कुछ देर तक वह अपने घिसे हुए नाखूनों की मदद से चोली की गांठ खोलने की कोशिश करती रही जो भीगने के कारण बहुत ज्यादा मजबूत हो गई थी। जब थक हार के बैठ गई तो उसने मराठी में रणधीर से कुछ कहा- जिसका मतलब यह था- "मैं क्या करूँ, नहीं निकलती।"

रणधीर उसके पास बैठ गया और गांठ खोलने लगा। जब नहीं खुली तो उसने चोली के दोनों सिरे दोनों हाथों से पकड़कर इतनी जोर का झटका दिया कि गांठ सरासर सी फैल गई और इसी के साथ दो धड़कती हुई छातियां एकाएक उजागर हो गई। क्षणभर के लिए

रणधीर ने सोचा कि उसके अपने हाथों से उस घाटन की लड़की के सीने पर नर्म-नर्म गुँथी हुई मिट्टी को माहिर कुम्हार की तरह दो प्यालों की शक्ल बना दी हैं।

उसकी भरी-भरी सेहतमंद उरोजों में वही धड़कन, वही गोलाई, वही गरम-गरम ठंडक थी, जो कुम्हार के हाथ से निकले हुए ताजे बरतनों में होती है।

मटमैले रंग की उस कुंवारी और जवान औरत की उरोजों ने एक अजीब किस्म की चमक पैदा कर दी थी। जो चमक होते हुए भी चमक नहीं थी। उसके सीने पर ये उभार दो दीये मालूम होते थे जो तालाब के गंदेले पानी पर जल रहे होने का आभास दे रहे थे।

बरसात के यही दिन थे। खिड़की के बाहर पीपल के पत्ते इसी तरह कंपकंपा रहे थे। उस घाटन लड़की के दोनों कपड़े, जो पानी से शराबोर हो चुके थे, एक गंदले ढेर की सूरत में फर्श पर पड़े थे और वह घाटन की नंगी लड़की रणधीर के साथ चिपटी हुई थी। उसके नंगे बदन की गर्मी रणधीर के बदन में हलचल पैदा कर रही थी, जो सख्त जाड़े के दिनों में नाइयों के गलीज लेकिन गर्म हमामों में नहाते समय महसूस हुआ करती हैं।

दिन भर वह रणधीर के साथ चिपटी रही। दोनों एक दूसरे के साथ गड-मड हो गए थे। उन्होंने मुश्किल से एक दो बातें की होंगी, क्योंकि जो कुछ भी कहना सुनना था, सांसों, होंठों और हाथों से तय हो रहा था। रणधीर के हाथ सारी रात उसकी नर्म-नर्म उरोजों पर हवा के झोंकों की तरह फिरते रहे। उन हवाई झोंकों से उस घाटन लड़की के बदन में एक ऐसी सरसराहट पैदा होती थी कि खुद रणधीर भी कांप उठता था।

इस कंपकंपाहट से रणधीर का पहले भी सैकड़ों बार वास्ता पड़ चुका था। वह काम वासना से भरी हुई लड़की के मजे भी बखूबी जानता था। कई लड़कियों के नर्म और नाजुक लेकिन सख्त स्तनों से अपना सीना मिलाकर वह कई रातें गुजार चुका था। वह ऐसी बिल्कुल अल्हड़ लड़कियों के साथ भी रह चुका था जो उसके साथ लिपट कर घर की वह सारी बातें सुना दिया करती थीं जो किसी गैर कानों के लिए नहीं होतीं। वो ऐसी कमीनी लड़कियों से भी जिस्मानी रिश्ता कायम कर चुका था जो सारी मेहनत खुद करती थीं और उसे कोई तकलीफ नहीं देती थीं। उसे कई सामाजिक रूप से बदचलन लड़की और बदचलन औरतों का भी अनुभव था जिसे वह बहुत ही रूहानी मानता था।

लेकिन यह घाटन की लड़की, जो इमली के पेड़ के नीचे भीगी हुई खड़ी थी और जिसे उसने इशारे से ऊपर बुला लिया था, बिल्कुल भिन्न किस्म की लड़की थी।

सारी रात रणधीर को उसके जिस्म से एक अजीब किस्म की बू आती रही। इस बू को, जो एक ही समय में खुशबू थी और बदबू भी, वह सारी रात पीता रहा। उसकी बगलों से, उसकी छातियों से, उसके बालों से, उसकी चमड़ी से, उसके जवान जिस्म के हर हिस्से

से, जो बदबू भी थी और खुशबू भी, रणधीर के पूरे शरीर में बस गई थी। सारी रात वह सोचता रहा था कि यह घाटन लड़की बिल्कुल करीब हो कर भी हरगिज इतनी करीब नहीं होती, अगर उसके जिस्म से यह बू न उड़ती। यह बू उसके मन-मस्तिष्क की हर सलवट में रेंग रही थी। उसके तमाम नए-पुराने अनुभवों में रच-बस गई थी।

उस बू ने उस लड़की और रणधीर को जैसे एक-दूसरे से एकाकार कर दिया था। दोनों एक-दूसरे में समा गए थे। उन अनंत गहराईयों में उतर गए थे जहाँ पहुँच कर इंसान एक खालिस इंसान की संतुष्टि से सराबोर होता है। ऐसी संतुष्टि, जो क्षणिक होने पर भी अनंत थी। लगातार बदलती हुई होने पर भी दृढ़ और स्थायी थी, दोनों एक ऐसा जवाब बन गए थे, जो आसमान के नीले शून्य में उड़ते रहने पर भी दिखाई देता रहे।

उस बू को, जो उस घाटन लड़की के अंग-अंग से फूट रही थी, रणधीर बखूबी समझता था, लेकिन समझे हुए भी वह इनका विश्लेषण नहीं कर सकता था। जिस तरह कभी मिट्टी पर पानी छिड़कने से सोंधी-सोंधी बू निकलती है, लेकिन नहीं, वह बू कुछ और ही तरह की थी। उसमें लैवेंडर और इत्र की मिलावट नहीं थी, वह बिल्कुल असली थी। औरत और मर्द के शारीरिक संबंध की तरह असली और पवित्र।

रणधीर को पसीने की बू से सख्त नफरत थी। नहाने के बाद वह हमेशा बगलों वगैरह में पाउडर छिड़कता था या कोई ऐसी दवा इस्तेमाल करता था, जिससे वह बदबू जाती रहे, लेकिन ताज्जुब है कि उसने कई बार, हाँ कई बार, उस घाटन लड़की की बालों भरी बगलों का चुम्मा लिया। उसने चूमा और उसे बिल्कुल घिन नहीं आई, बल्कि एक अजीब किस्म की तुष्टि का एहसास हुआ। रणधीर को ऐसा लगता था कि वह इस बू को जानता है, पहचानता है, उसका अर्थ भी पहचानता है, लेकिन किसी को समझा नहीं सकता।

बरसात के यही दिन थे। यूं ही खिड़की के बाहर जब उसने देखा तो पीपल के पत्ते उसी तरह नहा रहे थे। हवा में फड़फड़ाहटें घुली हुई थी। अंधेरा था, लेकिन उसमें दबी-दबी धुंधली-सी रोशनी समाई हुई थी। जैसे बारिश की बूंदों के सौ सितारों का हल्का-हल्का गुब्बारा नीचे उतर आया हो। बरसात के यही दिन थे, जब रणधीर के उस कमरे में सागवान का सिर्फ एक ही पलंग था। लेकिन अब उस से सटा हुआ एक और पलंग भी था और कोने में एक नई ड्रेसिंग टेबल भी मौजूद थी। दिन यही बरसात के थे, मौसम भी बिल्कुल वैसा ही था, बारिश की बूंदों के साथ सितारों की रोशनी का हल्का-हल्का गुबार उसी तरह उतर रहा था, लेकिन वातावरण में हिना की तेज खुशबू बसी हुई थी। दूसरा पलंग खाली था। इस पलंग पर रणधीर औंधे मुँह लेटा खिड़की के बाहर पीपल के झूमते हुए पत्तों का नाच देख रहा था।

एक गोरी-चिट्टी लड़की अपने नंगे जिस्म को चादर से छुपाने की नाकाम कोशिश करते-करते रणधीर के और भी करीब आ गई थी। उसकी सुर्ख रेशमी सलवार दूसरे पलंग पर पड़ी थी, जिसके गहरे सुर्ख रंग का एक फुंदना नीचे लटक रहा था। पलंग पर उसके दूसरे कपड़े भी पड़े थे। सुनहरी फूलदार जंपर, अंगिया और मचलती जवानी की वह पुकार, जो रणधीर ने घाटन लड़की के बदन की बू में सूंघी थी। वह पुकार, जो दूध के प्यासे बच्चे के रोने से ज्यादा आनंदमयी होती है। वह पुकार जो स्वप्न के दायरे से निकल कर खामोश हो गई थी।

रणधीर खिड़की के बाहर देख रहा था। उसके बिल्कुल करीब पीपल के नहाए हुए पत्ते झूम रहे थे। वह उनकी मस्ती भरी कंपन के उस पार कहीं बहुत दूर देखने की कोशिश कर रहा था, जहाँ गठीले बादलों में अजीब किस्म की रोशनी घुली हुई दिखाई दे रही थी। ठीक वैसे ही जैसे उस घाटन लड़की के सीने में उसे नजर आई थी। ऐसी रोशनी जो पुरैसरार गुफ्तगु की तरह दबी लेकिन स्पष्ट थी।

रणधीर के पहलू में एक गोरी-चिट्टी लड़की, जिसका जिस्म दूध और घी में गुंथे आटे की तरह मुलायम था, उस जवान औरत की उरोजों में मक्खन-सी नजाकत थी। लेटी थी, उसके नींद में मस्त जवान लड़की के मस्त नंगे बदन से हिना के इत्र की खुशबू आ रही थी, जो अब थकी-थकी सी मालूम होती थीं। रणधीर को यह दम तोड़ती और जुनून की हद तक पहुँची हुई खुशबू बहुत बुरी मालूम हुई। उसमें कुछ खटास थी, एक अजीब किस्म की खटास, जैसे बदहजमी में होती है, उदास, बेरंग, बेचैन।

रणधीर ने अपने पहलू में लेटी हुई लड़की को देखा। जिस तरह फटे हुए दूध के बेरंग पानी में सफेद मुर्दा फुटकियां तैरने लगती हैं, उसी तरह इस लड़की के दूधिया जिस्म पर खराशें और धब्बे तैर रहे थे और हिना की ऊटपटांग खुशबू! दरअसल रणधीर के मन-मस्तिष्क में वह बू बसी हुई थी, जो घाटन लड़की के जिस्म से बिना किसी बहरी कोशिश के स्वयं निकल रही थी। वह बू जो हिना के इत्र से कहीं ज्यादा हल्की-फुल्की और रस में डूबी हुई थी। जिसमें सूंघे जाने की कोशिश शामिल नहीं थी। वह खुद-ब-खुद नाक के रास्ते अंदर घुसकर अपनी सही मंजिल पर पहुँच जाती थी।

लड़की के स्याह बालों में चांदी के बुरादे के कण की तह जमे हुए थे। चेहरे पर पाउडर, सुर्खी और चांदी के बुरादे के इन कणों ने मिल-जुल कर एक अजीब रंग पैदा कर दिया था। बेनाम सा उड़ा-उड़ा रंग और उसके गोरे सीने पर कच्चे रंग की अंगिया ने जगह-जगह सुर्ख धब्बे बना दिए थे।

लड़की की छातियां दूध की तरह सफेद थी। उनमें हल्का-हल्का नीलापन भी था। बगलों में बाल मुंडे हुए थे, जिसकी वजह से वहां सुरमई गुबार सा पैदा हो गया था। रणधीर लड़की की तरफ देख-देखकर कई बार सोच चुका था- "क्यों ऐसा नहीं लगता, जैसे मैंने अभी-अभी कीलें उखाड़कर उसे लकड़ी के बंद बक्से से निकाला हो?" अमूमन किताबों और चीनी के बर्तनों पर जैसी हल्की हल्की ख़राशें पड़ जाती हैं, ठीक उसी प्रकार उस लड़की के नंगे जवान जिस्म पर भी कई निशान थे।

जब रणधीर ने उसके तंग और चुस्त अंगिया की डोरियां खोली थीं, तो उसकी पीठ और सामने सीने पर नर्म-नर्म गोश्त की झुर्रियां सी दिखाई दी थीं, और कमर के चारों तरफ कसकर बांधे हुए इजारबंद के निशान भी। वजनी और नुकीले नेकलस से उसके सीने पर कई जगह खराशें पड़ गई थीं, जैसे नाखूनों से बड़े जोर से खुजलाया गया हो।

बरसात के यही दिन थे, पीपल के नर्म-नर्म पत्तों पर बारिश की बूंदें गिरने से वैसी ही आवाज पैदा हो रही थी, जैसी रणधीर उस दिन सारी रात सुनता रहा था। मौसम बेहद सुहाना था। ठंडी-ठंडी हवा चल रही थी। उसमें हिना के इत्र की तेज़ खुशबू घुली हुई थी।

रणधीर के हाथ देर तक उस गोरी लड़की के कच्चे दूध की तरह सफेद स्तनों पर हवा के झोंकों की तरह फिरते रहे थे। उसकी अंगुलियों ने उस गोरे-गोरे बदन में कई चिंगारियां दौड़ती हुईं महसूस की थी। उस नाजुक बदन में कई जगहों पर सिमटे हुए कंपन का भी उसे पता चला था। जब उसने अपना सीना उसके सीना के साथ मिलाया तो रणधीर के जिस्म के हर रोंगटे ने उस लड़की के बदन के छिड़े तारों की भी आवाज सुनी थी, मगर वह आवाज कहाँ थी?

रणधीर ने आखिरी कोशिश के तौर पर उस लड़की के दूधिया जिस्म पर हाथ फेरा, लेकिन उसे कोई कंपकंपी महसूस नहीं हुई। उसकी नई नवेली दुल्हन, जो कमसिन कली थी, जो फर्स्ट क्लास मजिस्ट्रेट की बेटी थी और जो अपने कॉलेज के सैकड़ों दिलों की धड़कन थी, रणधीर की किसी भी चेतना को छू न सकी। वह हिना की खुशबू में उस बू को तलाश रहा था, जो इन्हीं दिनों जब खिड़की के बाहर पीपल के पत्ते बारिश में नहा रहे थे, उस घाटन लड़की के मैले बदन से आई थी।

□□□

8
सियाह हाशिए

करामात

लूटा हुआ माल बरामद करने के लिए पुलिस ने छापे मारने शुरू किए।

लोग डर के मारे लूटा हुआ माल रात के अँधेरे में बाहर फेंकने लगे। कुछ ऐसे भी थे जिन्होंने अपना माल भी मौका पाकर अपने से अलहदा कर दिया, कानूनी गिरफ्त से बचे रहें।

एक आदमी को बहुत दिक्कत पेश आई। उनके पास शक्कर की दो बोरियाँ थीं जो उसने पंसारी की दुकान से लूटी थीं। एक तो वह जूँ-तूँ रात के अँधेरे में पास वाले कुएँ में फेंक आया, लेकिन जब दूसरी उसमें डालने लगा तो खुद भी साथ चला गया।

शोर सुनकर लोग इकट्ठे हो गए। कुएँ में रस्सियाँ डाली गईं। जवान नीचे उतरे और उस आदमी को बाहर निकाल लिया गया, लेकिन वह चंद घंटों के बाद मर गया।

दूसरे दिन जब लोगों ने इस्तेमाल के लिए कुएँ में से पानी निकाला तो वह मीठा था।

उसी रात उस आदमी की कब्र पर दीए जल रहे थे।

गलती का सुधार

"कौन हो तुम?"

"तुम कौन हो?"

"हर-हर महादेव...हर-हर महादेव!"

"हर-हर महादेव!"

"सबूत क्या है?"

"सबूत...? मेरा नाम धरमचंद है।"

"यह कोई सबूत नहीं।"

"चार वेदों में से कोई भी बात मुझसे पूछ लो।"

"हम वेदों को नहीं जानते...सबूत दो।"

"क्या?"

"पायजामा ढीला करो।"

पायजामा ढीला हुआ तो एक शोर मच गया- "मार डालो...मार डालो...!"

"ठहरो!...ठहरो!...मैं तुम्हारा भाई हूँ...भगवान की कसम, तुम्हारा भाई हूँ।"

"तो यह क्या सिलसिला है?"

"जिस इलाके से मैं आ रहा हूँ, वह हमारे दुश्मनों का है...इसलिए मजबूरन मुझे ऐसा करना पड़ा, सिर्फ अपनी जान बचाने के लिए...एक यही चीज गलत हो गई है, बाकी मैं बिल्कुल ठीक हूँ...।"

"उड़ा दो गलती को..."

गलती उड़ा दी गई...धरमचंद भी साथ ही उड़ गया।

घाटे का सौदा

दो दोस्तों ने मिलकर दस-बीस लड़कियों में से एक लड़की चुनी और बयालीस रुपए देकर उसे खरीद लिया।

रात गुजारकर एक दोस्त ने उस लड़की से पूछा- "तुम्हारा क्या नाम है?"

लड़की ने अपना नाम बताया, तो वह भिन्ना गया- "हमसे तो कहा गया था कि तुम दूसरे मजहब की हो...!"

लड़की ने जवाब दिया- "उसने झूठ बोला था।"

यह सुनकर वह दौड़ा-दौड़ा अपने दोस्त के पास गया और कहने लगा- "उस हरामजादे ने हमारे साथ धोखा किया है...हमारे ही मजहब की लड़की थमा दी...चलो, वापस कर आएँ...।"

सॉरी

छुरी पेट चाक करती (चीरती) हुई नाफ (नाभि) के नीचे तक चली गई।

इजारबंद (नाड़ा) कट गया।

छुरी मारने वाले के मुँह से पश्चात्ताप के साथ निकला- "च् च् च्...मिशटेक हो गया!"

रियायत

"मेरी आँखों के सामने मेरी बेटी को न मारो..."

"चलो, इसी की मान लो...कपड़े उतारकर हाँक दो एक तरफ...!"

बँटवारा

एक आदमी ने अपने लिए लकड़ी का एक बड़ा संदूक चुना। जब उसे उठाने लगा तो संदूक अपनी जगह से एक इंच न हिला।

एक शख्स ने, जिसे अपने मतलब की शायद कोई चीज मिल ही नहीं रही थी, संदूक उठाने की कोशिश करने वाले से कहा- "मैं तुम्हारी मदद करूँ?"

संदूक उठाने की कोशिश करने वाला मदद लेने पर राजी हो गया।

उस शख्स ने जिसे अपने मतलब की कोई चीज नहीं मिल रही थी, अपने मजबूत हाथों से संदूक को जुंबिश दी और संदूक उठाकर अपनी पीठ पर धर लिया। दूसरे ने सहारा दिया और दोनों बाहर निकले।

संदूक बहुत बोझिल था। उसके वजन के नीचे उठाने वाले की पीठ चटख रही थी और टाँगें दोहरी होती जा रही थीं, मगर इनाम की उम्मीद ने उस शारीरिक कष्ट के एहसास को आधा कर दिया था।

संदूक उठाने वाले के मुकाबले में संदूक को चुनने वाला बहुत कमजोर था। सारे रास्ते एक हाथ से संदूक को सिर्फ सहारा देकर वह उस पर अपना हक बनाए रखता रहा।

जब दोनों सुरक्षित जगह पर पहुँच गए तो संदूक को एक तरफ रखकर सारी मेहनत करने वाले ने कहा- "बोलो, इस संदूक के माल में से मुझे कितना मिलेगा?"

संदूक पर पहली नज़र डालने वाले ने जवाब दिया- "एक चौथाई।"

"यह तो बहुत कम है।"

"कम बिल्कुल नहीं, ज्यादा है! इसलिए कि सबसे पहले मैंने ही इस माल पर हाथ डाला था।"

"ठीक है, लेकिन यहाँ तक इस कमरतोड़ बोझ को उठाकर लाया कौन है?"

"अच्छा, आधे-आधे पर राजी होते हो?"

"ठीक है! खोलो संदूक।"

संदूक खोला गया तो उसमें से एक आदमी बाहर निकला। उसके हाथ में तलवार थी। उसने दोनों हिस्सेदारों को चार हिस्सों में बाँट दिया।

हैवानियत

मियाँ-बीवी बड़ी मुश्किल से घर का थोड़ा-सा सामान बचाने में कामयाब हो गए।

एक जवान लड़की थी, उसका पता न चला।

एक छोटी-सी बच्ची थी, उसको माँ ने अपने सीने के साथ चिपटा कर रखा।

एक भूरी भैंस थी, उसको बलवाई हाँककर ले गए।

एक गाय थी, वह बच गई, मगर उसका बछड़ा न मिला।

मियाँ-बीवी, उनकी छोटी लड़की और गाय एक जगह छिपे हुए थे।

सख्त अँधेरी रात थी।

बच्ची ने डरकर रोना शुरू किया तो खामोश माहौल में जैसे कोई ढोल पीटने लगा।

माँ ने डरकर बच्ची के मुँह पर हाथ रख दिया कि दुश्मन सुन न लें। आवाज दब गई। सावधानी के तौर पर बाप ने बच्ची के ऊपर गाढ़े की मोटी चादर डाल दी।

थोड़ी दूर जाने के बाद दूर से किसी बछड़े की आवाज़ आई।

गाय के कान खड़े हो गए। वह उठी और पागलों की तरह दौड़ती हुई डकारने लगी। उसको चुप कराने की बहुत कोशिश की गई, मगर बेकार...

शोर सुनकर दुश्मन करीब आने लगा। मशालों की रोशनी दिखाई देने लगी।

बीवी ने अपने मियाँ से बड़े गुस्से के साथ कहा- "तुम क्यों इस हैवान को अपने साथ ले आए थे?"

सफाई पसंद

गाड़ी रुकी हुई थी।

तीन बंदूकची एक डिब्बे के पास आए। खिड़कियों में से अंदर झाँककर उन्होंने मुसाफिरों से पूछा- "क्यों जनाब, कोई मुर्गा है?"

एक मुसाफिर कुछ कहते-कहते रुक गया। बाकियों ने जवाब दिया- "जी नहीं।"

थोड़ी देर बाद भाले लिए हुए चार लोग आए। खिड़कियों में से अंदर झाँककर उन्होंने मुसाफिरों से पूछा- "क्यों जनाब, कोई मुर्गा-वुर्गा है?"

उस मुसाफिर ने, जो पहले कुछ कहते-कहते रुक गया था, जवाब दिया- "जी मालूम नहीं! आप अंदर आकर संडास में देख लीजिए।"

भाले वाले अंदर दाखिल हुए। संडास तोड़ा गया तो उसमें से एक मुर्गा निकल आया। एक भाले वाले ने कहा- "कर दो हलाल।"

दूसरे ने कहा- "नहीं! यहाँ नहीं! डिब्बा खराब हो जाएगा...बाहर ले चलो।"

साम्यवाद

वह अपने घर का तमाम जरूरी सामान एक ट्रक में लादकर दूसरे शहर जा रहा था कि रास्ते में लोगों ने उसे रोक लिया।

एक ने ट्रक के माल-असबाब पर लालच भरी नज़र डालते हुए कहा- "देखो यार, किस मजे से इतना माल अकेला उड़ाए चला जा रहा है!"

असबाब के मालिक ने मुस्कराकर कहा- "जनाब, यह माल मेरा अपना है।"

दो-तीन आदमी हँसे- "हम सब जानते हैं।"

एक आदमी चिल्लाया- "लूट लो! यह अमीर आदमी है! ट्रक लेकर चोरियाँ करता है!"

हलाल और झटका

"मैंने उसके गले पर छुरी रखी, हौले-हौले फेरी और उसको हलाल कर दिया।"

"यह तुमने क्या किया?"

"क्यों?"

"इसको हलाल क्यों किया?"

"मजा आता है इस तरह।"

"मजा आता है के बच्चे! तुझे झटका करना चाहिए था! इस तरह।"

और हलाल करने वाले की गर्दन का झटका हो गया।

'सियाह हाशिये' से

मुनासिब कार्रवाई

जब हमला हुआ तो महल्ले में अकल्लीयत के कुछ लोग कत्ल हो गए।

जो बाकी बचे, जानें बचाकर भाग निकले- एक आदमी और उसकी बीवी अलबत्ता अपने घर के तहखाने में छिप गए।

दो दिन और दो रातें पनाह याफ्ता मियाँ-बीवी ने हमलावरों

की मुतवक्के-आमद में गुजार दीं, मगर कोई न आया।
दो दिन और गुजर गए। मौत का डर कम होने लगा। भूख और प्यास ने ज्यादा सताना शुरू किया।
चार दिन और बीत गए। मियाँ-बीवी को जिंदगी और मौत से कोई दिलचस्पी न रही। दोनों पनाह से बाहर निकल आए।
खाविंद ने बड़ी नहीफ आवाज में लोगों को अपनी तरफ मुतवज्जेह किया और कहा- "हम दोनों अपने आपको तुम्हारे हवाले करते हैं। हमें मार डालो।"
जिनको मुतवज्जेह किया गया था, वह सोच में पड़ गए- "हमारे धर्म में तो जीव-हत्या पाप है!"
उन्होंने आपस में मशविरा किया और मियाँ-बीवी को मुनासिब कार्रवाई के लिए दूसरे महल्ले के आदमियों के सिपुर्द कर दिया।

कस्त्रे-नफ्सी

चलती गाड़ी रोक ली गई।
जो दूसरे मजहब के थे,
उनको निकाल-निकालकर तलवारों और गोलियों से हलाक कर दिया गया।
इससे फारिग होकर
गाड़ी के बाकी मुसाफिरों की
हलवे, दूध और फलों से तवज्जो की गई।
गाड़ी चलने से पहले
तवज्जो करने वालों के मुंतजिम ने
मुसाफिरों को मुखातिब करके कहा-
"भाइयों और बहनों,
हमें गाड़ी की आमद की इत्तिला बहुत देर में मिली
यही वजह है कि हम जिस तरह चाहते थे,
उस तरह आपकी खिदमत न कर सके...!"

□□□

9
काली शलवार

दिल्ली आने से पहले वो अंबाला छावनी में थी। जहां कई गोरे उसके ग्राहक थे। उन गोरों से मिलने-जुलने के बाद वो अंग्रेज़ी के दस पंद्रह जुमले सीख गई थी, उनको वो आम गुफ़्तगु में इस्तेमाल नहीं करती थी लेकिन जब वो दिल्ली में आई और उसका कारोबार न चला तो एक रोज़ उसने अपनी पड़ोसन तमंचा जान से कहा- "दिस लैफ़... वेरी बैड!" यानी ये ज़िंदगी बहुत बुरी है जबकि खाने ही को नहीं मिलता।

अंबाला छावनी में उसका धंधा बहुत अच्छी तरह चलता था। छावनी के गोरे शराब पी कर उसके पास आ जाते थे और वो तीन-चार घंटों ही में आठ-दस गोरों को निपटा कर बीस-तीस रुपये पैदा कर लिया करती थी। ये गोरे, उसके हम वतनों के मुक़ाबले में बहुत अच्छे थे। इसमें कोई शक नहीं कि वो ऐसी ज़बान बोलते थे जिसका मतलब सुल्ताना की समझ में नहीं आता था मगर उनकी ज़बान से ये लाज़मी उसके हक़ में बहुत अच्छी साबित होती थी। अगर वो उससे कुछ रिआयत चाहते तो वो सर हिला कर कह दिया करती थी- "साहिब, हमारी समझ में तुम्हारी बात नहीं आता।"

और अगर वो उससे ज़रूरत से ज़्यादा छेड़छाड़ करते तो वो उनको अपनी ज़बान में गालियां देना शुरू कर देती थी। वो हैरत में उसके मुँह की तरफ़ देखते तो वो उनसे कहती- "साहिब, तुम एकदम उल्लु का पट्ठा है। हरामज़ादा है! समझा।" ये कहते वक़्त वो अपने लहजे में सख़्ती पैदा न करती बल्कि बड़े प्यार के साथ उनसे बातें करती। ये गोरे हँस देते और हँसते वक़्त वो सुल्ताना को बिल्कुल उल्लू के पट्ठे दिखाई देते।

मगर यहां दिल्ली में वो जब से आई थी एक गोरा भी उसके यहां नहीं आया था। तीन महीने उसको हिंदुस्तान के इस शहर में रहते हो गए थे। जहां उसने सुना था कि बड़े लॉट साहब रहते हैं, जो गर्मियों में शिमला चले जाते हैं, मगर सिर्फ़ छ: आदमी उसके पास आए थे। सिर्फ़ छ: यानी महीने में दो और उन छ: ग्राहकों से उसने ख़ुदा झूठ न बुलवाए तो साढ़े अठारह रुपये वसूल किए थे। तीन रुपये से ज़्यादा पर कोई मानता ही नहीं था।

सुल्ताना ने उनमें से पाँच आदमियों को अपना रेट दस रुपये बताया था मगर ताज्जुब की बात है कि उनमें से हर एक ने यही कहा- "भई हम तीन रुपये से एक कौड़ी ज़्यादा न देंगे।"

न जाने क्या बात थी कि उनमें से हर एक ने उसे सिर्फ़ तीन रुपये के काबिल समझा। चुनाँचे जब छटा आया तो उसने ख़ुद उससे कहा- "देखो, मैं तीन रुपये एक टेम के लूंगी। इससे एक धेला तुम कम कहो तो मैं न लूंगी। अब तुम्हारी मर्ज़ी हो तो रहो वर्ना जाओ।"

छट्ठे आदमी ने ये बात सुन कर तकरार न की और उसके यहां ठहर गया। जब दूसरे कमरे में दरवाज़े बंद करके वो अपना कोट उतारने लगा तो सुल्ताना ने कहा- "लाइए, एक रुपया दूध का।" उसने एक रुपया तो न दिया लेकिन नए बादशाह की चमकती हुई अठन्नी जेब में से निकाल कर उसको दे दी और सुल्ताना ने भी चुपके से ले ली कि चलो जो आया है गनीमत है।

साढ़े अठारह रुपये तीन महीनों में... बीस रुपये माहवार तो इस कोठे का किराया था जिसको मालिक मकान अंग्रेज़ी ज़बान में फ़्लैट कहता था।

उस फ़्लैट में ऐसा पाखाना था जिसमें जंजीर खींचने से सारी गंदगी पानी के ज़ोर से एक दम नीचे नल में ग़ायब हो जाती थी और बड़ा शोर होता था। शुरू-शुरू में तो उस शोर ने उसे बहुत डराया था। पहले दिन जब वो रफ़ा-ए-हाजत के लिए उस पाखाना में गई तो उसकी कमर में शिद्दत का दर्द हो रहा था। फ़ारिग़ हो कर जब उठने लगी तो उसने लटकी हुई जंजीर का सहारा ले लिया। उस जंजीर को देख कर उसने ख़्याल किया चूँकि ये मकान ख़ास हम लोगों की रिहायश के लिए तैयार किए गए हैं, ये जंजीर इसलिए लगाई गई है कि उठते वक़्त तकलीफ़ न हो और सहारा मिल जाया करे, मगर जूंही उसने जंजीर पकड़ कर उठना चाहा, ऊपर खट-खट सी हुई और फिर एक दम पानी इस शोर के साथ बाहर निकला कि डर के मारे उसके मुँह से चीख निकल गई।

ख़ुदाबख़्श दूसरे कमरे में अपना फोटोग्राफी का सामान दुरुस्त कर रहा था और एक साफ़ बोतल में हाइड्रोकुनैन डाल रहा था कि उसने सुल्ताना की चीख सुनी। दौड़ कर वह बाहर निकला और सुल्ताना से पूछा- "क्या हुआ? ये चीख तुम्हारी थी?"

सुल्ताना का दिल धड़क रहा था। उसने कहा- "ये मुआ पाखाना है या क्या है। बीच में ये रेल गाड़ियों की तरह जंजीर क्या लटका रखी है। मेरी कमर में दर्द था। मैंने कहा चलो इसका सहारा ले लूंगी, पर इस मुए जंजीर को छेड़ना था कि वो धमाका हुआ कि मैं तुम से क्या कहूं।"

इस पर ख़ुदाबख़्श बहुत हँसा था और उसने सुल्ताना को इस पैख़ाने की बात सब कुछ बता दिया था कि ये नए फैशन का है जिसमें जंजीर हिलाने से सब गंदगी नीचे ज़मीन में धँस जाती है।

ख़ुदाबख़्श और सुल्ताना का आपस में कैसे संबंध हुआ ये एक लंबी कहानी है। ख़ुदाबख़्श रावलपिंडी का था। इन्ट्रेंस पास करने के बाद उसने लारी चलाना सीखा, चुनाँचे चार बरस तक वो रावलपिंडी और कश्मीर के दरमियान लारी चलाने का काम करता रहा। इसके बाद कश्मीर में उसकी दोस्ती एक औरत से हो गई। उसको भगा कर वो लाहौर ले आया। लाहौर में चूँकि उसको कोई काम न मिला। इसलिए उसने औरत को पेशे पर बिठा दिया।

दो-तीन बरस तक ये सिलसिला जारी रहा और वो औरत किसी और के साथ भाग गई। ख़ुदाबख़्श को मालूम हुआ कि वो अंबाला में है। वो उसकी तलाश में अंबाला आया जहां उसको सुल्ताना मिल गई। सुल्ताना ने उसको पसंद किया, चुनाँचे दोनों का संबंध हो गया।

ख़ुदाबख़्श के आने से एक दम सुल्ताना का कारोबार चमक उठा। औरत चूँकि ज़ईफ़-उल-एतिकाद थी। इसलिए उसने समझा कि ख़ुदाबख़्श बड़ा भगवान है जिसके आने से इतनी तरक़्क़ी हो गई, चुनाँचे इस ख़ुश एतिक़ादी ने ख़ुदाबख़्श की इज्जत उसकी नज़रों में और भी बढ़ा दी।

ख़ुदाबख़्श आदमी मेहनती था। सारा दिन हाथ पर हाथ धर कर बैठना पसंद नहीं करता था। चुनाँचे उसने एक फ़ोटो-ग्राफ़र से दोस्ती पैदा की जो रेलवे स्टेशन के बाहर मिनट कैमरे से फ़ोटो खींचा करता था। इसलिए उसने फ़ोटो खींचना सीख लिया। फिर सुल्ताना से साठ रुपये लेकर कैमरा भी ख़रीद लिया। आहिस्ता आहिस्ता एक पर्दा बनवाया, दो कुर्सियां खरीदीं और फ़ोटो धोने का सब सामान लेकर उसने अलाहिदा अपना काम शुरू कर दिया।

काम चल निकला, चुनाँचे उसने थोड़ी ही देर के बाद अपना अड्डा अंबाले छावनी में क़ायम कर दिया। यहां वो गोरों के फ़ोटो खींचता रहता। एक महीने के अंदर अंदर उसकी छावनी के मुतअद्दिद गोरों से वाक़फ़ियत हो गई, चुनाँचे वो सुल्ताना को वहीं ले गया। यहां छावनी में ख़ुदाबख़्श के ज़रिये से कई गोरे सुल्ताना के मुस्तक़िल ग्राहक बन गए और उसकी आमदनी पहले से दुगुनी हो गई।

सुल्ताना ने कानों के लिए बुँदे खरीदे। साढ़े पाँच तोले की आठ कंगनियाँ भी बनवा ली। दस- पंद्रह अच्छी-अच्छी साड़ियां भी जमा कर ली, घर में फ़र्नीचर वग़ैरा भी आ गया।

क़िस्सा मुख़्तसर ये कि अंबाला छावनी में वो बड़ी ख़ुशहाल थी मगर एका-एकी न जाने ख़ुदाबख़्श के दिल में क्या समाई कि उसने दिल्ली जाने की ठान ली। सुल्ताना इनकार कैसे करती जबकि ख़ुदाबख़्श को अपने लिए बहुत मुबारक ख़्याल करती थी। उसने ख़ुशी-ख़ुशी दिल्ली जाना क़बूल कर लिया। बल्कि उसने ये भी सोचा कि इतने बड़े शहर में जहां लॉट साहब रहते हैं उसका धंदा और भी अच्छा चलेगा। अपनी सहेलियों से वो दिल्ली की तारीफ़ सुन चुकी थी। फिर वहां हज़रत निज़ामउद्दीन औलिया की ख़ानक़ाह थी। जिससे उसे बेहद अक़ीदत थी, चुनाँचे जल्दी-जल्दी घर का भारी सामान बेच-बाच कर वो ख़ुदाबख़्श के साथ दिल्ली आ गई। यहां पहुँच कर ख़ुदाबख़्श ने बीस रुपये माहवार पर एक छोटा सा फ़्लैट ले लिया जिसमें वो दोनों रहने लगे।

एक ही क़िस्म के नए मकानों की लंबी सी कतार सड़क के साथ साथ चली गई थी। म्युनिसिपल कमेटी ने शहर का ये हिस्सा ख़ास कसबियों के लिए मुक़र्रर कर दिया था ताकि वो शहर में जगह-जगह अपने अड्डे न बनाएं। नीचे दुकानें थीं और ऊपर दो मंज़िला रिहायशी फ़्लैट। चूँकि सब इमारतें एक ही डिज़ाइन की थीं इसलिए शुरू-शुरू में सुल्ताना को अपना फ़्लैट तलाश करने में बहुत दिक्कत महसूस हुई थी पर जब नीचे लांड्री वाले ने अपना बोर्ड घर की पेशानी पर लगा दिया तो उसको एक पक्की निशानी मिल गई। यहां मैले कपड़ों की धुलाई की जाती है। ये बोर्ड पढ़ते ही वो अपना फ़्लैट तलाश कर लिया करती थी।

इसी तरह उसने और बहुत सी निशानियां कायम कर ली थीं, मसलन बड़े बड़े हुरूफ़ में जहां कोयलों की दुकान लिखा था, वहां उसकी सहेली हीरा बाई रहती थीं, जो कभी-कभी रेडियो घर में गाने जाया करती थी, जहां शरिफ़ा के खाने का आला इंतिज़ाम है। वहां उसकी दूसरी सहेली मुख़्तार रहती थी। निवाड़ के कारख़ाना के ऊपर अनवरी रहती थी जो उसी कारख़ाना के सेठ के पास मुलाज़िम थीं। चूँकि सेठ साहब को रात के वक़्त अपने कारखाने की देख-भाल करना होती थी इसलिए वो अनवरी के पास ही रहते थे।

दुकान खोलते ही ग्राहक थोड़े ही आते हैं। चुनांचे जब एक महीने तक सुल्ताना बेकार रही तो उसने यही सोच कर अपने दिल को तसल्ली दी, पर जब दो महीने गुज़र गए और कोई आदमी उसके कोठे पर न आया तो उसे बहुत तशवीश हुई। उसने ख़ुदाबख़्श से कहा- "क्या बात है ख़ुदाबख़्श, दो महीने आज पूरे हो गए हैं। हमें यहां आए हुए, किसी ने इधर का रुख़ भी नहीं किया। मानती हूँ आजकल बाज़ार बहुत मंदा है, पर इतना मंदा भी तो नहीं कि महीने भर में कोई शक्ल देखने ही न आए।"

ख़ुदाबख़्श को भी ये बात बहुत अर्सा से खटक रही थी मगर वो ख़ामोश था, पर जब सुल्ताना ने खुद बात छेड़ी तो उस ने कहा- "मैं कई दिनों से इसी बात पर सोच रहा हूँ। एक बात समझ में आती है, वो ये कि जंग की वजह से लोग-बाग दूसरे धंधों में पड़ कर इधर का रास्ता भूल गए हैं...या फिर ये हो सकता है कि..."

वो इसके आगे कुछ कहने ही वाला था कि सीढ़ियों पर किसी के चढ़ने की आवाज़ आई। ख़ुदाबख़्श और सुल्ताना दोनों इस आवाज़ की तरफ़ मुतवज्जा हुए। थोड़ी देर के बाद दस्तक हुई। ख़ुदाबख़्श ने लपक कर दरवाज़ा खोला। एक आदमी अंदर दाख़िल हुआ। ये पहला ग्राहक था जिससे तीन रुपये में सौदा तय हुआ। इसके बाद पाँच और आए यानी तीन महीने में छः, जिनसे सुलताना ने सिर्फ़ साढ़े अठारह रुपये वसूल किए। बीस रुपये माहवार तो फ़्लैट के किराये में चले जाते थे, पानी का टैक्स और बिजली का बिल जुदा था। इसके अलावा घर के दूसरे खर्च थे। खाना-पीना, कपड़े-लत्ते, दवा-दारू और आमदनी कुछ भी नहीं थी। साढ़े अठारह रुपये तीन महीने में आए तो उसे आमदनी तो नहीं कह सकते। सुल्ताना परेशान हो गई। साढ़े पाँच तोले की आठ कंगनियाँ जो उसने अंबाले में बनवाई थीं आहिस्ता आहिस्ता बिक गईं।

आख़िरी कंगनी की जब बारी आई तो उसने ख़ुदाबख़्श से कहा- "तुम मेरी सुनो और चलो वापस अंबाले में, यहां क्या धरा है?... भई होगा, पर हमें तो ये शहर रास नहीं आया। तुम्हारा काम भी वहां ख़ूब चलता था, चलो, वहीं चलते हैं। जो नुकसान हुआ है उसको अपना सर सदक़ा समझो। इस कंगनी को बेच कर आओ, मैं अस्बाब वग़ैरा बांध कर तैयार रखती हूँ। आज रात की गाड़ी से यहां से चल देंगे।"

ख़ुदाबख़्श ने कंगनी सुल्ताना के हाथ से ले ली और कहा- "नहीं जान-ए-मन, अंबाला अब नहीं जाएंगे, यहीं दिल्ली में रह कर कमाएंगे। ये तुम्हारी चूड़ियां सब की सब यहीं वापस आयेंगी। अल्लाह पर भरोसा रखो, वो बड़ा कारसाज़ है। यहां भी वो कोई न कोई अस्बाब बना ही देगा।"

सुल्ताना चुप हो रही, चुनाँचे आख़िरी कंगनी हाथ से उतर गई। बचे हाथ देख कर उसको बहुत दुख होता था, पर क्या करती, पेट भी तो आख़िर किसी हीले से भरना था। जब पाँच महीने गुज़र गए और आमदन ख़र्च के मुक़ाबले में चौथाई से भी कुछ कम रही तो सुल्ताना की परेशानी और ज़्यादा बढ़ गई। ख़ुदाबख़्श भी सारा दिन अब घर से गायब रहने लगा था। सुल्ताना को इसका भी दुख था। इसमें कोई शक नहीं कि पड़ोस में उसकी दो-तीन मिलने वालियां मौजूद थीं जिनके साथ वो अपना वक़्त काट सकती थी पर हर रोज़ उनके

यहां जाना और घंटों बैठे रहना उसको बहुत बुरा लगता था। चुनाँचे आहिस्ता आहिस्ता उसने उन सहेलियों से मिलना-जुलना बिल्कुल तर्क कर दिया।

सारा दिन वो अपने सुनसान मकान में बैठी रहती। कभी छालिया काटती रहती, कभी अपने पुराने और फटे हुए कपड़ों को सीती रहती और कभी बाहर बालकनी में आकर जंगले के साथ खड़ी हो जाती और सामने रेलवे शैड में साकित और मुतहर्रिक इंजनों की तरफ घंटों बेमतलब देखती रहती।

सड़क की दूसरी तरफ माल गोदाम था जो इस कोने से उस कोने तक फैला हुआ था। दाहिने हाथ को लोहे की छत के नीचे बड़ी बड़ी गांठें पड़ी रहती थीं और हर क़िस्म के माल अस्बाब के ढेर से लगे रहते थे। बाएं हाथ को खुला मैदान था जिसमें बेशुमार रेल की पटरियां बिछी हुई थीं। धूप में लोहे की ये पटरियाँ चमकती तो सुल्ताना अपने हाथों की तरफ देखती जिन पर नीली नीली रगें बिल्कुल इन पटरियों की तरह उभरी रहती थीं, इस लंबे और खुले मैदान में हर वक्त इंजन और गाड़ियां चलती रहती थीं। कभी इधर कभी उधर। उन इंजनों और गाड़ियों की छक-छक, फ़क़-फ़क़ सदा गूंजती रहती थी। सुबह सवेरे जब वो उठ कर बालकनी में आती तो एक अजीब समां नज़र आता। धुंध में इंजनों के मुँह से गाढ़ा-गाढ़ा धुआँ निकलता था और गंदले आसमान की जानिब मोटे और भारी आदमियों की तरह उठता दिखाई देता था।

भाप के बड़े-बड़े बादल भी एक शोर के साथ पटरियों से उठते थे और आँख झपकने की देर में हवा के अंदर घुल मिल जाते थे। फिर कभी-कभी जब वो गाड़ी के किसी डिब्बे को जिसे इंजन ने धक्का दे कर छोड़ दिया हो अकेले पटरियों पर चलता देखती तो उसे अपना ख़्याल आता।

वो सोचती कि उसे भी किसी ने ज़िंदगी की पटरी पर धक्का दे कर छोड़ दिया है और वो ख़ुदबख़ुद जा रही है। दूसरे लोग कांटे बदल रहे हैं और वो चली जा रही है। न जाने कहाँ। फिर एक रोज़ ऐसा आएगा जब इस धक्के का ज़ोर आहिस्ता-आहिस्ता ख़त्म हो जाएगा और वो कहीं रुक जाएगी। किसी ऐसे मुकाम पर जो उसका देखा भाला न होगा। यूं तो वो बेमतलब घंटों रेल की इन टेढ़ी बांकी पटरियों और ठहरे और चलते हुए इंजनों की तरफ देखती रहती थी पर तरह-तरह के ख़्याल उसके दिमाग़ में आते रहते थे। अंबाला छावनी में जब वो रहती थी तो स्टेशन के पास ही उसका मकान था मगर वहां उसने कभी इन चीज़ों को ऐसी नज़रों से नहीं देखा था। अब तो कभी कभी उसके दिमाग में ये भी ख़्याल आता कि ये जो सामने रेल की पटरियों का जाल सा बिछा है और जगह जगह से भाप और

धुआँ उठ रहा है एक बहुत बड़ा चकला है। बहुत सी गाड़ियां हैं जिनको चंद मोटे-मोटे इंजन इधर-उधर धकेलते रहते हैं।

सुल्ताना को तो बांज़ औकात ये इंजन सेठ मालूम होते हैं जो कभी कभी अंबाला में उसके यहाँ आया करते थे। फिर कभी-कभी जब वो किसी इंजन को आहिस्ता-आहिस्ता गाड़ियों की कतार के पास से गुज़रता देखती तो उसे ऐसा महसूस होता कि कोई आदमी चकले के किसी बाज़ार में से ऊपर कोठों की तरफ देखता जा रहा है।

सुल्ताना समझती थी कि ऐसी बातें सोचना दिमाग़ को खराब करने की बात है, चुनाँचे जब इस क़िस्म के ख़्याल उसको आने लगे तो उसने बालकोनी में जाना छोड़ दिया। ख़ुदाबख़्श से उसने बार-बार कहा- "देखो, मेरे हाल पर रहम करो। यहां घर में रहा करो। मैं सारा दिन यहां बीमारों की तरह पड़ी रहती हूँ।" मगर उसने हर बार सुल्ताना से ये कह कर उसकी तशफ्फी कर दी- "जान-ए-मन! मैं बाहर कुछ कमाने की फिक्र कर रहा हूँ। अल्लाह ने चाहा तो चंद दिनों ही में बेड़ा पार हो जाएगा।" पूरे पाँच महीने हो गए थे मगर अभी तक न सुल्ताना का बेड़ा पार हुआ था न ख़ुदाबख़्श का।

मुहर्रम का महीना सर पर आ रहा था मगर सुल्ताना के पास काले कपड़े बनवाने के लिए कुछ भी न था। मुख़्तार ने लेडी हैमिल्टन की एक नई वज़ा की क़मीज़ बनवाई थी जिसकी आस्तीनें काली जॉर्जट की थी। इसके साथ मैच करने के लिए उसके पास काली साटन की शलवार थी जो काजल की तरह चमकती थी।

अनवरी ने रेशमी जॉर्जट की एक बड़ी नफ़ीस साड़ी ख़रीदी थी। उसने सुल्ताना से कहा था कि 'वो इस साड़ी के नीचे सफ़ेद बोसकी का पेटीकोट पहनेगी' क्योंकि ये नया फ़ैशन है। इस साड़ी के साथ पहनने को अनवरी काली मख़मल का एक जूता लाई थी जो बड़ा नाजुक था। सुल्ताना ने जब ये तमाम चीज़ें देखीं तो उसको इस एहसास ने बहुत दुख दिया कि वो मुहर्रम मनाने के लिए ऐसा लिबास ख़रीदने की इस्तिताअत नहीं रखती। अनवरी और मुख़्तार के पास ये लिबास देख कर जब वो घर आई तो उसका दिल बहुत मग़्मूम था। उसे ऐसा मालूम होता था कि फोड़ा सा उसके अंदर पैदा हो गया है। घर बिल्कुल ख़ाली था। ख़ुदाबख़्श हस्ब-ए-मामूल बाहर था। देर तक वो दरी पर तकिया सर के नीचे रख कर लेटी रही, पर जब उस की गर्दन ऊंचाई के बाद अकड़ सी गई तो उठ कर बाहर बालकनी में चली गई ताकि ग़म अफ़्ज़ा ख़यालात को अपने दिमाग़ में से निकाल दे।

सामने पटरियों पर गाड़ियों के डिब्बे खड़े थे पर इंजन कोई भी न था। शाम का वक़्त था। छिड़काव हो चुका था इसलिए गर्द-ओ-गुबार दब गया था। बाज़ार में ऐसे आदमी चलने शुरू हो गए थे जो ताक-झांक करने के बाद चुपचाप घरों का रुख़ करते हैं।

ऐसे ही एक आदमी ने गर्दन ऊंची करके सुल्ताना की तरफ देखा। सुल्ताना मुस्करा दी और उसको भूल गई क्योंकि अब सामने पटरियों पर एक इंजन नुमूदार हो गया था। सुल्ताना ने गौर से उसकी तरफ देखना शुरू किया और आहिस्ता-आहिस्ता ये ख़याल उसके दिमाग़ में आया कि इंजन ने भी काला लिबास पहन रखा है।

ये अजीब-ओ-ग़रीब ख़्याल दिमाग़ से निकालने की ख़ातिर जब उसने सड़क की जानिब देखा तो उसे वही आदमी बैलगाड़ी के पास खड़ा नज़र आया। जिसने उसकी तरफ ललचाई नज़रों से देखा था। सुल्ताना ने हाथ से उसे इशारा किया। उस आदमी ने इधर-उधर देख कर एक लतीफ़ इशारे से पूछा- "किधर से आऊं?" सुल्ताना ने उसे रास्ता बता दिया। वो आदमी थोड़ी देर खड़ा रहा मगर फिर बड़ी फुर्ती से ऊपर चला आया। सुल्ताना ने उसे दरी पर बिठाया। जब वो बैठ गया तो उसने सिलसिल-ए-गुफ़्तुगू शुरू करने के लिए कहा- "आप ऊपर आते डर रहे थे?"

वो आदमी ये सुन कर मुस्कराया- "तुम्हें कैसे मालूम हुआ? डरने की बात ही क्या थी?"

इस पर सुल्ताना ने कहा- "ये मैंने इसलिए कहा कि आप देर तक वहीं खड़े रहे और फिर कुछ सोच कर इधर आए।"

वो ये सुन कर फिर मुस्कुराया- "तुम्हें गलतफहमी हुई! मैं तुम्हारे ऊपर वाले फ्लैट की तरफ देख रहा था। वहां कोई औरत खड़ी एक मर्द को ठेंगा दिखा रही थी। मुझे ये मंज़र पसंद आया। फिर बालकोनी में सब्ज़ बल्ब रोशन हुआ तो मैं कुछ देर के लिए ठहर गया। सब्ज़ रोशनी मुझे पसंद है। आँखों को बहुत अच्छी लगती है।" ये कह उसने कमरे का जायज़ा लेना शुरू कर दिया। फिर वो उठ खड़ा हुआ।

सुल्ताना ने पूछा- "आप जा रहे हैं?"

उस आदमी ने जवाब दिया- "नहीं, मैं तुम्हारे इस मकान को देखना चाहता हूँ? चलो मुझे तमाम कमरे दिखाओ।"

सुल्ताना ने उसको तीनों कमरे एक एक करके दिखा दिए। उस आदमी ने बिल्कुल ख़ामोशी से उन कमरों का मुआइना किया। जब वो दोनों फिर उसी कमरे में आ गए जहां पहले बैठे तो उस आदमी ने कहा- "मेरा नाम शंकर है।" सुल्ताना ने पहली बार ग़ौर से शंकर की तरफ़ देखा। वो मुतवस्सित कद का मामूली शक्ल-ओ-सूरत का आदमी था मगर उसकी आँखें ग़ैरमामूली तौर पर साफ़ और शफ़्फ़ाफ़ थीं। कभी-कभी उनमें एक अजीब क़िस्म की चमक भी पैदा होती थी। गठीला और कसरती बदन था। कनपटियों पर उसके

बाल सफ़ेद हो रहे थे। ख़ाकस्तरी रंग की गर्म पतलून पहने था। सफ़ेद कमीज़ थी जिसका कॉलर गर्दन पर से ऊपर को उठा हुआ था।

शंकर कुछ इस तरह दरी पर बैठा था कि मालूम होता था शंकर के बजाय सुल्ताना ग्राहक है। इस एहसास ने सुल्ताना को क़दरे परेशान कर दिया। चुनाँचे उसने शंकर से कहा- "फ़रमाईए...!"

शंकर बैठा था, ये सुन कर लेट गया- "मैं क्या फ़र्माऊँ, कुछ तुम ही फ़रमाओ। बुलाया तुम्हीं ने है मुझे।"

जब सुल्ताना कुछ न बोली तो वो उठ बैठा- "मैं समझा, लो अब मुझ से सुनो, जो कुछ तुम ने समझा, गलत है, मैं उन लोगों में से नहीं हूँ जो कुछ देकर जाते हैं। डाक्टरों की तरह मेरी भी फीस है। मुझे जब बुलाया जाये तो फीस देना ही पड़ती है।"

सुल्ताना ये सुन कर चकरा गई मगर इसके बावजूद उसे बेअख़्तियार हँसी आ गई- "आप काम क्या करते हैं?"

शंकर ने जवाब दिया- "यही जो तुम लोग करते हो।"

"क्या?"

"तुम क्या करती हो?"

"मैं... मैं... मैं कुछ भी नहीं करती।"

"मैं भी कुछ नहीं करता।"

सुल्ताना ने भिन्ना कर कहा- "ये तो कोई बात न हुई! आप कुछ न कुछ तो ज़रूर करते होंगे।"

शंकर ने बड़े इत्मिनान से जवाब दिया- "तुम भी कुछ न कुछ ज़रूर करती होगी।"

"झक मारती हूँ।"

"मैं भी झक मारता हूँ।"

"तो आओ दोनों झक मारें।"

"मैं हाज़िर हूँ, मगर झक मारने के लिए दाम मैं कभी नहीं दिया करता।"

"होश की दवा करो...ये लंगरख़ाना नहीं।"

"और मैं भी वालंटियर नहीं हूँ।"

सुल्ताना यहां रुक गई। उसने पूछा- "ये वालंटियर कौन होते हैं?"

शंकर ने जवाब दिया- "उल्लु के पट्ठे।"

"मैं भी उल्लू की पट्ठी नहीं।"

"मगर वो आदमी ख़ुदाबख़्श जो तुम्हारे साथ रहता है जरूर उल्लु का पट्ठा है।"

"क्यों?"

"इसलिए कि वो कई दिनों से एक ऐसे ख़ुदा रसीदा फ़क़ीर के पास अपनी किस्मत खुलवाने की ख़ातिर जा रहा है जिसकी अपनी किस्मत ज़ंग लगे ताले की तरह बंद है।" ये कह कर शंकर हँसा।

इस पर सुल्ताना ने कहा- "तुम हिंदू हो, इसीलिए हमारे इन बुजुर्गों का मज़ाक उड़ाते हो।"

शंकर मुस्कराया- "ऐसी जगहों पर हिंदू-मुस्लिम सवाल पैदा नहीं हुआ करते। पण्डित-मौलवी और मिस्टर जिन्ना अगर यहां आएं तो वो भी शरीफ़ आदमी बन जाएं।"

"जाने तुम क्या ऊट पटांग बातें करते हो, बोलो रहोगे?"

"उसी शर्त पर जो पहले बता चुका हूँ।"

सुल्ताना उठ खड़ी हुई- "तो जाओ रस्ता पकड़ो।"

शंकर आराम से उठा। पतलून की जेबों में उसने अपने दोनों हाथ ठूंसे और जाते हुए कहा- "मैं कभी-कभी इस बाज़ार से गुज़रा करता हूँ। जब भी तुम्हें मेरी ज़रूरत हो बुला लेना! मैं बहुत काम का आदमी हूँ।"

शंकर चला गया और सुल्ताना काले लिबास को भूल कर देर तक उसके मुतअल्लिक़ सोचती रही। उस आदमी की बातों ने उसके दुख को बहुत हल्का कर दिया था। अगर वो अंबाले में आया होता जहां कि वो खुशहाल थी तो उसने किसी और ही रंग में उस आदमी को देखा होता और बहुत मुमकिन है कि उसे धक्के देकर बाहर निकाल दिया होता मगर यहां चूँकि वो बहुत उदास रहती थी, इसलिए शंकर की बातें उसे पसंद आईं।

शाम को जब ख़ुदाबख़्श आया तो सुल्ताना ने उससे पूछा- "तुम आज सारा दिन किधर गायब रहे हो?"

ख़ुदाबख़्श थक कर चूर चूर हो रहा था, कहने लगा- "पुराने किला के पास से आ रहा हूँ। वहां एक बुजुर्ग कुछ दिनों से ठहरे हुए हैं, उन्हीं के पास हर रोज़ जाता हूँ कि हमारे दिन फिर जाएं!"

"कुछ उन्होंने तुम से कहा?"

"नहीं, अभी वो मेहरबान नहीं हुए, पर सुल्ताना, मैं जो उनकी खिदमत कर रहा हूँ वो अकारत कभी नहीं जाएगी। अल्लाह का फ़ज़ल शामिल-ए-हाल रहा तो ज़रूर वारे-न्यारे हो

जाएंगे।" सुल्ताना के दिमाग़ में मुहर्रम मनाने का ख़्याल समाया हुआ था, ख़ुदाबख़्श से रोनी आवाज़ में कहने लगी- "सारा-सारा दिन बाहर गायब रहते हो। मैं यहां पिंजरे में क़ैद रहती हूँ, न कहीं जा सकती हूँ न आ सकती हूँ। मुहर्रम सर पर आ गया है, कुछ तुमने इसकी भी फ़िक्र की कि मुझे काले कपड़े चाहिए, घर में फूटी कौड़ी तक नहीं। कंगनियाँ थीं सो वो एक-एक करके बिक गईं, अब तुम ही बताओ क्या होगा? यूं फकीरों के पीछे कब तक मारे-मारे फिरा करोगे? मुझे तो ऐसा दिखाई देता है कि यहां दिल्ली में ख़ुदा ने भी हम से मुँह मोड़ लिया है। मेरी सुनो तो अपना काम शुरू कर दो। कुछ तो सहारा हो ही जाएगा।"

ख़ुदाबख़्श दरी पर लेट गया और कहने लगा- "पर ये काम शुरू करने के लिए भी तो थोड़ा बहुत सरमाया चाहिए। ख़ुदा के लिए अब ऐसी दुख भरी बातें न करो। मुझसे अब बर्दाश्त नहीं हो सकता। मैंने सचमुच अंबाला छोड़ने में सख़्त ग़लती की, पर जो करता है अल्लाह ही करता है और हमारी बेहतरी ही के लिए करता है, क्या पता है कि कुछ देर और तकलीफें बर्दाश्त करने के बाद हम..."

सुल्ताना ने बात काट कर कहा- "तुम ख़ुदा के लिए कुछ करो। चोरी करो या डाका मारो पर मुझे एक शलवार का कपड़ा ज़रूर ला दो। मेरे पास सफ़ेद बोसकी की क़मीज़ पड़ी है, उसको मैं काला रंगवा लूंगी। सफेद नैनों का एक नया दुपट्टा भी मेरे पास मौजूद है, वही जो तुमने मुझे दीवाली पर ला कर दिया था, ये भी कमीज़ के साथ ही काला रंगवा लिया जाएगा। एक सिर्फ़ शलवार की कसर है, सो वह तुम किसी न किसी तरह पैदा कर दो।"

"देखो तुम्हें मेरी जान की क़सम किसी न किसी तरह ज़रूर ला दो। मेरी भत्ती खाओ अगर न लाओ।"

ख़ुदाबख़्श उठ बैठा- "अब तुम ख़्वाह-मख़्वाह ज़ोर दिए चली जा रही हो! मैं कहाँ से लाऊँगा? अफ़ीम खाने के लिए तो मेरे पास पैसा नहीं।"

"कुछ भी करो, मगर मुझे साढ़े चार गज़ काली साटन ला दो।"

"दुआ करो कि आज रात ही अल्लाह दो-तीन आदमी भेज दे।"

"लेकिन तुम कुछ नहीं करोगे! तुम अगर चाहो तो ज़रूर इतने पैसे पैदा कर सकते हो। जंग से पहले ये साटन बारह चौदह आने गज़ मिल जाती थी, अब सवा रुपये गज़ के हिसाब से मिलती है। साढ़े चार गज़ों पर कितने रुपये ख़र्च हो जाएंगे?"

"अब तुम कहती हो तो मैं कोई हीला करूंगा।" ये कह कर ख़ुदाबख़्श उठा- "लो अब इन बातों को भूल जाओ, मैं होटल से खाना ले आऊं।"

होटल से खाना आया दोनों ने मिल कर खाया और सो गए। सुबह हुई। ख़ुदाबख़्श पुराने किले वाले फकीर के पास चला गया और सुल्ताना अकेली रह गई। कुछ देर लेटी रही, कुछ देर सोई रही। इधर उधर कमरों में टहलती रही, दोपहर का खाना खाने के बाद उसने अपना सफ़ेद नैनों का दुपट्टा और सफ़ेद बोसकी की कमीज़ निकाली और नीचे लौंड्री वाले को रंगने के लिए दे आई। कपड़े धोने के अलावा वहां रंगने का काम भी होता था।

ये काम करने के बाद उसने वापस आकर फिल्मों की किताबें पढ़ीं जिनमें उसकी देखी हुई फिल्मों की कहानी और गीत छपे हुए थे। ये किताबें पढ़ते पढ़ते वो सो गई, जब उठी तो चार बज चुके थे क्योंकि धूप आंगन में से मोरी के पास पहुँच चुकी थी।

नहा-धो कर फ़ारिग़ हुई तो गर्म चादर ओढ़ कर बालकनी में आ खड़ी हुई। करीबन एक घंटा सुल्ताना बालकनी में खड़ी रही। अब शाम हो गई थी। बत्तियां रोशन हो रही थीं। नीचे सड़क में रौनक़ के आसार नज़र आने लगे। सर्दी में थोड़ी सी शिद्दत हो गई थी मगर सुल्ताना को ये नागवार मालूम न हुई।

वो सड़क पर आते-जाते टांगों और मोटरों की तरफ एक अर्सा से देख रही थी। दफ़अतन उसे शंकर नज़र आया। मकान के नीचे पहुँच कर उसने गर्दन ऊंची की और सुल्ताना की तरफ देख कर मुस्करा दिया। सुल्ताना ने गैर इरादी तौर पर हाथ का इशारा किया और उसे ऊपर बुला लिया।

जब शंकर ऊपर आ गया तो सुल्ताना बहुत परेशान हुई कि उससे क्या कहे। दरअसल उसने ऐसे ही बिना सोचे समझे उसे इशारा कर दिया था। शंकर बेहद मुतमइन था जैसे उसका अपना घर है, चुनाँचे बड़ी बेतकल्लुफी से पहले रोज़ की तरह वो तकिया सर के नीचे रख कर लेट गया। जब सुल्ताना ने देर तक उससे कोई बात न की तो उससे कहा- "तुम मुझे सौ दफा बुला सकती हो और सौ दफा ही कह सकती हो कि चले जाओ! मैं ऐसी बातों पर कभी नाराज़ नहीं हुआ करता।"

सुल्ताना शश-ओ-पंज में गिरफ़्तार हो गई, कहने लगी- "नहीं बैठो, तुम्हें जाने को कौन कहता है।"

शंकर इस पर मुस्करा दिया- "तो मेरी शर्तें तुम्हें मंजूर हैं।"

"कैसी शर्तें?" सुल्ताना ने हंस कर कहा- "क्या निकाह कर रहे हो मुझ से?"

"निकाह और शादी कैसी? न तुम उम्र भर में किसी से निकाह करोगी न मैं। ये रस्में हम लोगों के लिए नहीं! छोड़ो इन फुज़ूलियात को। कोई काम की बात करो।"

"बोलो क्या बात करूं?"

"तुम औरत हो। कोई ऐसी बात शुरू करो जिससे दो घड़ी दिल बहल जाये। इस दुनिया में सिर्फ़ दुकानदारी ही दुकानदारी नहीं, और कुछ भी है।"

सुल्ताना ज़ेहनी तौर पर अब शंकर को कबूल कर चुकी थी। कहने लगी- "साफ़ साफ़ कहो, तुम मुझ से क्या चाहते हो।"

"जो दूसरे चाहते हैं।" शंकर उठ कर बैठ गया।

"तुम में और दूसरों में फिर फर्क ही क्या रहा।"

"तुममें और मुझ में कोई फ़र्क़ नहीं। उनमें और मुझमें ज़मीन-ओ-आसमान का फर्क है। ऐसी बहुत सी बातें होती हैं जो पूछना नहीं चाहिये ख़ुद समझना चाहिये।"

सुल्ताना ने थोड़ी देर तक शंकर की इस बात को समझने की कोशिश की फिर कहा- "मैं समझ गई हूँ।"

"तो कहो, क्या इरादा है!"

"तुम जीते, मैं हारी! पर मैं कहती हूँ, आज तक किसी ने ऐसी बात कबूल न की होगी।"

"तुम गलत कहती हो... इसी मुहल्ले में तुम्हें ऐसी सादा लौह औरतें भी मिल जाएंगी जो कभी यक़ीन नहीं करेंगी कि औरत ऐसी ज़िल्लत कबूल कर सकती है जो तुम बग़ैर किसी एहसास के कबूल करती रही हो। लेकिन उनके न यक़ीन करने के बावजूद तुम हज़ारों की तादाद में मौजूद हो... तुम्हारा नाम सुल्ताना है न?"

"सुल्ताना ही है।"

शंकर उठ खड़ा हुआ और हँसने लगा- "मेरा नाम शंकर है! ये नाम भी अजब ऊटपटांग होते हैं, चलो आओ अंदर चलें।"

शंकर और सुल्ताना दरी वाले कमरे में वापस आए तो दोनों हंस रहे थे, न जाने किस बात पर। जब शंकर जाने लगा तो सुल्ताना ने कहा- "शंकर मेरी एक बात मानोगे?"

शंकर ने जवाबन कहा- "पहले बात बताओ।"

सुल्ताना कुछ झेंप सी गई- "तुम कहोगे कि मैं दाम वसूल करना चाहती हूँ मगर।"

"कहो कहो... रुक क्यों गई हो।"

सुल्ताना ने जुर्रत से काम लेकर कहा- "बात ये है कि मुहर्रम आ रहा है और मेरे पास इतने पैसे नहीं कि मैं काली शलवार बनवा सकूं! यहां के सारे दुखड़े तो तुम मुझसे सुन ही चुके हो। कमीज़ और दुपट्टा मेरे पास मौजूद था जो मैंने आज रंगवाने के लिए दे दिया है।"

शंकर ने ये सुन कर कहा- “तुम चाहती हो कि मैं तुम्हें कुछ रुपये दे दूं जो तुम ये काली शलवार बनवा सको।”

सुल्ताना ने फौरन ही कहा- “नहीं, मेरा मतलब ये है कि अगर हो सके तो तुम मुझे एक काली शलवार बनवा दो।”

शंकर मुस्कुराया- “मेरी जेब में तो इत्तिफाक ही से कभी कुछ होता है, बहरहाल मैं कोशिश करूंगा। मुहर्रम की पहली तारीख को तुम्हें ये शलवार मिल जाएगी। ले बस अब ख़ुश हो गईं।”

सुल्ताना के बुन्दों की तरफ़ देख कर शंकर ने पूछा- “क्या ये बुन्दे तुम मुझे दे सकती हो?”

सुल्ताना ने हंस कर कहा- “तुम इन्हें क्या करोगे। चांदी के मामूली बुन्दे हैं। ज़्यादा से ज़्यादा पाँच रुपये के होंगे।”

इस पर शंकर ने कहा- “मैंने तुम से बुन्दे मांगे हैं। उनकी कीमत नहीं पूछी, बोलो, देती हो।”

“ले लो।” ये कह कर सुल्ताना ने बुन्दे उतार कर शंकर को दे दिए। इसके बाद अफ़सोस हुआ मगर शंकर जा चुका था।

सुल्ताना को क़तई यक़ीन नहीं था कि शंकर अपना वादा पूरा करेगा मगर आठ रोज़ के बाद मुहर्रम की पहली तारीख़ को सुबह नौ बजे दरवाज़े पर दस्तक हुई। सुल्ताना ने दरवाज़ा खोला तो शंकर खड़ा था। अख़बार में लिपटी हुई चीज़ उसने सुल्ताना को दी और कहा- “साटन की काली शलवार है। देख लेना, शायद लंबी हो। अब मैं चलता हूँ।”

शंकर शलवार दे कर चला गया और कोई बात उसने सुल्ताना से न की। उसकी पतलून में शिकनें पड़ी हुई थीं, बाल बिखरे हुए थे। ऐसा मालूम होता था कि अभी-अभी सो कर उठा है और सीधा इधर ही चला आया है।

सुल्ताना ने कागज़ खोला। साटन की काली शलवार थी ऐसी ही जैसी कि वो अनवरी के पास देख कर आई थी। सुल्ताना बहुत ख़ुश हुई। बुन्दों और इस सौदे का जो अफ़सोस उसे हुआ था इस शलवार ने और शंकर की वादा ईफ़ाई ने दूर कर दिया।

दोपहर को वो नीचे लांड्री वाले से अपनी रंगी हुई कमीज़ और दुपट्टा लेकर आई। तीनों काले कपड़े उसने जब पहन लिए तो दरवाज़े पर दस्तक हुई। सुल्ताना ने दरवाज़ा खोला तो अनवरी अंदर दाख़िल हुई। उसने सुल्ताना के तीनों कपड़ों की तरफ़ देखा और

कहा- “कमीज़ और दुपट्टा तो रंगा हुआ मालूम होता है, पर ये शलवार नई है...कब बनवाई ?”

सुल्ताना ने जवाब दिया- “आज ही दर्ज़ी लाया है।” ये कहते हुए उसकी नज़रें अनवरी के कानों पर पड़ी। “ये बुन्दे तुमने कहाँ से लिये ?”

अनवरी ने जवाब दिया- “आज ही मंगवाए हैं।”

इसके बाद दोनों को थोड़ी देर तक खामोश रहना पड़ा।

□□□

10
दो कौमें

मुख़्तार ने शारदा को पहली मर्तबा झरनों में से देखा। वो ऊपर कोठे पर कटा हुआ पतंग लेने गया तो उसे झरनों में से एक झलक दिखाई दी। सामने वाले मकान की बालाई मंज़िल की खिड़की खुली थी। एक लड़की डोंगा हाथ में लिए नहा रही थी। मुख़्तार को बड़ा ताज्जुब हुआ कि ये लड़की कहाँ से आ गई, क्योंकि सामने वाले मकान में कोई लड़की नहीं थी, जो थीं, ब्याही जा चुकी थीं। सिर्फ रूप कौर थी, उसका पिलपिला ख़ाविंद कालू मल था, उसके तीन लड़के थे और बस।

मुख़्तार ने पतंग उठाया और ठिठक के रह गया। लड़की बहुत खूबसूरत थी। उसके नंगे बदन पर सुनहरे रोएँ थे। उनमें फंसी हुई पानी की नन्ही नन्ही बूँदियाँ चमक रही थीं। उसका रंग हल्का साँवला था, साँवला भी नहीं। ताँबे के रंग जैसा, पानी की नन्ही नन्ही बूँदियाँ ऐसी लगती थीं जैसे उस का बदन पिघल कर कतरे-कतरे बन कर गिर रहा है।

मुख़्तार ने झरने के सुराखों के साथ अपनी आँखें जमा दीं और उस लड़की को जो डोंगा हाथ में लिये नहा रही थी, दिलचस्पी और ग़ौर से देखना शुरू कर दिया। उसकी उम्र ज़्यादा से ज़्यादा सोलह बरस की थी, गीले सीने पर उसकी छोटी-छोटी गोल छातियां जिन पर पानी के कतरे फिसल रहे थे, बड़ी दिलफरेब थीं। उसको देख कर मुख़्तार के दिल-ओ-दिमाग़ में सिफ़ली जज़्बात पैदा न हुए। एक जवान, खूबसूरत, और बिल्कुल नंगी लड़की उसकी निगाहों के सामने थी। होना ये चाहिए था कि मुख़्तार के अंदर शहवानी हैजान बरपा हो जाता, मगर वो बड़े ठंडे इन्हेमाक से उसे देख रहा था, जैसे किसी मुसव्विर की तस्वीर देख रहा है।

लड़की के निचले होंठ के इख़्ततामी कोने पर बड़ा सा तिल था। बेहद मतीन, बेहद संजीदा, जैसे वो अपने वजूद से बेख़बर है, लेकिन दूसरे उसके वजूद से आगाह हैं, सिर्फ इस हद तक कि उसे वहीं होना चाहिए था जहां कि वो था।

बाँहों पर सुनहरे रोएँ पानी की बूंदों के साथ लिपटे हुए चमक रहे थे। उसके सर के बाल सुनहरे नहीं, भोसले थे, जिन्होंने शायद सुनहरे होने से इन्कार कर दिया था। जिस्म

सुडौल और गदराया हुआ था लेकिन उसको देखने से इश्तआल पैदा नहीं होता था। मुख़्तार देर तक झरने के साथ आँखें जमाए रहा।

लड़की ने बदन पर साबुन मला। मुख़्तार तक उसकी खुशबू पहुँची। सलोने, ताँबे जैसे रंग वाले बदन पर सफेद-सफेद झाग बड़े सुहाने मालूम होते थे। फिर जब ये झाग पानी के बहाव से फिसले तो मुख़्तार ने महसूस किया जैसे उस लड़की ने अपना बुलबुलों का लिबास बड़े इत्मीनान से उतार कर एक तरफ रख दिया है।

ग़ुस्ल से फ़ारिग़ हो कर लड़की ने तौलिये से अपना बदन पोंछा। बड़े सुकून और इत्मीनान से आहिस्ता-आहिस्ता कपड़े पहने। खिड़की के डंडे पर दोनों हाथ रखे और सामने देखा। एक दम उसकी आँखें शर्माहट की झीलों में गर्क हो गईं। उसने खिड़की बंद कर दी। मुख़्तार बेइख़्तयार हंस पड़ा।

लड़की ने फ़ौरन खिड़की के पट खोले और बड़े गुस्से में झरने की तरफ देखा। मुख़्तार ने कहा- "मैं कसूरवार बिल्कुल नहीं! आप क्यों खिड़की खोल कर नहा रही थीं?"

लड़की ने कुछ न कहा। ग़ैज़ आलूदा निगाहों से झरने को देखा और खिड़की बंद कर ली।

चौथे दिन रूप कौर आई। उसके साथ यही लड़की थी। मुख़्तार की माँ और बहन दोनों सिलाई और क्रोशिए के काम की माहिर थीं, गली की अक्सर लड़कियां उनसे ये काम सीखने के लिए आया करती थीं। रूप कौर भी उस लड़की को इसी ग़रज़ से लाई थी क्योंकि उसको क्रोशिए के काम का बहुत शौक था। मुख़्तार अपने कमरे से निकल कर सहन में आया तो उसने रूप कौर को प्रणाम किया। लड़की पर उसकी निगाह पड़ी तो वो सिमट सी गई। मुख़्तार मुस्करा कर वहां से चला गया।

लड़की रोजाना आने लगी। मुख़्तार को देखती तो सिमट जाती। आहिस्ता-आहिस्ता उसका ये रद्द-ए-अ'मल दूर हुआ और उसके दिमाग़ से ये ख़्याल किसी कदर मह्व हुआ कि मुख़्तार ने उसे नहाते देखा था। मुख़्तार को मालूम हुआ कि उसका नाम शारदा है। रूप कौर के चचा की लड़की है, यतीम है। चिचो की मल्लियां में एक गरीब रिश्तेदार के साथ रहती थी। रूप कौर ने उसको अपने पास बुला लिया। एंट्रेंस पास है, बड़ी ज़हीन है, क्योंकि उसने क्रोशिए का मुश्किल से मुश्किल काम यूं चुटकियों में सीख लिया था।

दिन गुजरते गए। इस दौरान मुख़्तार ने महसूस किया कि वो शारदा की मोहब्बत में गिरफ़्तार हो गया है। ये सब कुछ धीरे-धीरे हुआ। जब मुख़्तार ने उसको पहली बार झरने में से देखा था तो उस वक़्त उसके सामने एक नज़ारा था। बड़ा खतरनाक नज़ारा। लेकिन अब शारदा आहिस्ता-आहिस्ता उसके दिल में बैठ गई थी। मुख़्तार ने कई दफा सोचा था कि ये

मोहब्बत का मुआमला बिल्कुल गलत है, इसलिए कि शारदा हिंदू है। मुसलमान कैसे एक हिंदू लड़की से मोहब्बत करने की जुरअत कर सकता है। मुख़्तार ने अपने आपको बहुत समझाया लेकिन वो अपने मोहब्बत के जज़्बे को मिटा न सका।

शारदा अब उससे बातें करने लगी थी मगर खुल के नहीं, उसके दिमाग़ में मुख़्तार को देखते ही ये एहसास बेदार हो जाता था कि वो नंगी नहा रही थी और मुख़्तार झरने में से उसे देख रहा था।

एक रोज़ घर में कोई नहीं था। मुख़्तार की माँ और बहन दोनों किसी अज़ीज़ के चालीसवें पर गई हुई थीं। शारदा हस्ब-ए-मा'मूल अपना थैला उठाए सुबह दस बजे आई। मुख़्तार सहन में चारपाई पर लेटा अख़बार पढ़ रहा था। शारदा ने उससे पूछा- "बहन जी कहाँ हैं?"

मुख़्तार के हाथ काँपने लगे- "वो! वो कहीं बाहर गई है।"

शारदा ने पूछा- "माता जी?"

मुख़्तार उठ कर बैठ गया- "वो... वो भी उसके साथ ही गई हैं।"

"अच्छा!" ये कह कर शारदा ने घबराई हुई निगाहों से मुख़्तार को देखा और नमस्ते करके चलने लगी। मुख़्तार ने उसको रोका- "ठहरो शारदा!"

शारदा को जैसे बिजली के करंट ने छू लिया, चौंक कर रुक गई, "जी?"

मुख़्तार चारपाई पर से उठा- "बैठ जाओ! वो लोग अभी आ जाएंगे!" "जी नहीं... मैं जाती हूँ।" ये कह कर भी शारदा खड़ी रही।

मुख़्तार ने बड़ी जुरअत से काम लिया, आगे बढ़ा, उसकी एक कलाई पकड़ी और खींच कर उसके होंटों को चूम लिया। ये सब कुछ इतनी जल्दी हुआ कि मुख़्तार और शारदा दोनों को एक लहज़े के लिए बिल्कुल पता न चला कि क्या हुआ है। इसके बाद दोनों लरज़ने लगे। मुख़्तार ने सिर्फ़ इतना कहा- "मुझे माफ़ कर देना!"

शारदा खामोश खड़ी रही। उसका ताँबे जैसा रंग सुर्ख़ी माइल हो गया। होंटों में ख़फ़ीफ़ सी कंपकंपाहट थी, जैसे वो छेड़े जाने पर शिकायत कर रहे हैं। मुख़्तार अपनी हरकत और उसके नतीजे भूल गया। उसने एक बार फिर शारदा को अपनी तरफ़ खींचा और सीने के साथ भींच लिया। शारदा ने मुज़ाहमत न की। वो सिर्फ़ मुजस्समा हैरत बनी हुई थी। वो एक सवाल बन गई थी। एक ऐसा सवाल जो अपने आप से किया गया हो। वो शायद ख़ुद से पूछी रही थी, ये क्या हुआ है, ये क्या हो रहा है? क्या उसे होना चाहिए था? क्या ऐसा किसी और से भी हुआ है?

मुख़्तार ने उसे चारपाई पर बिठा लिया और पूछा- "तुम बोलती क्यों नहीं हो शारदा?" शारदा के दुपट्टे के पीछे उसका सीना धड़क रहा था। उसने कोई जवाब न दिया। मुख़्तार को उसका ये सुकून बहुत परेशानकुन महसूस हुआ- "बोलो शारदा, अगर तुम्हें मेरी ये हरकत बुरी लगी है तो कह दो? ख़ुदा की क़सम मैं माफी मांग लूंगा! तुम्हारी तरफ निगाह उठा कर नहीं देखूंगा। मैंने कभी ऐसी जुरअत न की होती, लेकिन जाने मुझे क्या हो गया है?

दरअसल! दरअसल मुझे तुमसे मोहब्बत है।"

शारदा के होंट हिले जैसे उन्होंने लफ़्ज़ 'मोहब्बत' अदा करने की कोशिश की है। मुख़्तार ने बड़ी गर्म जोशी से कहना शुरू किया, "मुझे मालूम नहीं, तुम मोहब्बत का मतलब समझती हो कि नहीं? मैं ख़ुद इसके मुतअल्लिक़ ज़्यादा वाक़फ़ियत नहीं रखता, सिर्फ़ इतना जानता हूँ कि तुम्हें चाहता हूँ, तुम्हारी सारी हस्ती को अपनी इस मुट्ठी में ले लेना चाहता हूँ। अगर तुम चाहो तो मैं अपनी सारी ज़िंदगी तुम्हारे हवाले कर दूँगा, शारदा तुम बोलती क्यों नहीं हो?"

शारदा की आँखें ख़्वाबगूं हो गईं। मुख़्तार ने फिर बोलना शुरू कर दिया- "मैंने उस रोज़ झरने में से तुम्हें देखा... नहीं। तुम मुझे ख़ुद दिखाई दीं। वो एक ऐसा नज़ारा था जो मैं ता क़ियामत नहीं भूल सकता! तुम शरमाती क्यों हो... मेरी निगाहों ने तुम्हारी खूबसूरती चुराई तो नहीं... मेरी आँखों में सिर्फ़ उस नज़ारे की तस्वीर है... तुम उसे जिंदा कर दो तो मैं तुम्हारे पांव चूम लूंगा।" ये कह कर मुख़्तार ने शारदा का एक पांव चूम लिया। वो काँप गई। चारपाई पर से एक दम उठ कर उसने लर्ज़ां आवाज़ में कहा- "ये आप क्या कर रहे हैं?... हमारे धर्म में..."

मुख़्तार ख़ुशी से उछल पड़ा- "धर्म-वर्म को छोड़ो! प्रेम के धर्म में सब ठीक है।" ये कह कर उसने शारदा को चूमना चाहा। मगर वो तड़प कर एक तरफ़ हटी और बड़े शर्मीले अंदाज़ में मुस्कराती भाग गई। मुख़्तार ने चाहा कि वो उड़ कर ममटी पर पहुँच जाये। वहां से नीचे सहन में कूदे और नाचना शुरू कर दे।

मुख़्तार की वालिदा और बहन आ गईं तो शारदा आई। मुख़्तार को देख कर उसने फ़ौरन निगाहें नीची कर लीं। मुख़्तार वहां से खिसक गया कि राज़ इफ़शा न हो।

दूसरे रोज़ ऊपर कोठे पर चढ़ा। झरने में से झांका तो देखा कि शारदा खिड़की के पास खड़ी बालों में कंघी कर रही है। मुख़्तार ने उसको आवाज़ दी- "शारदा!"

शारदा चौंकी। कंघी उसके हाथ से छूट कर नीचे गली में जा गिरी। मुख़्तार हँसा। शारदा के होंटों पर भी मुस्कराहट पैदा हुई। मुख़्तार ने उससे कहा- "कितनी डरपोक हो तुम! हौले से आवाज़ दी और तुम्हारी कंघी छूट गई।"

शारदा ने कहा- "अब ला के दीजिए नई कंघी मुझे! ये तो मोरी में जागरी है।"

मुख़्तार ने जवाब दिया- "अभी लाऊं?"

शारदा ने फ़ौरन कहा- "नहीं नहीं! मैंने तो मज़ाक किया है।"

मैंने भी मज़ाक किया था- "तुम्हें छोड़कर मैं कंघी लेने जाता? कभी नहीं!"

शारदा मुस्कराई- "मैं बाल कैसे बनाऊं?"

मुख़्तार ने झरने के सुराखों में अपनी उंगलियां डालीं- "ये मेरी उंगलियां ले लो!"

शारदा हंसी... मुख़्तार का जी चाहा कि वो अपनी सारी उम्र उस हंसी की छाँवों में गुज़ार दे। "शारदा, ख़ुदा की क़सम, तुम हंसी हो, मेरा रोवां-रोवां शादमां हो गया है! तुम क्यों इतनी प्यारी हो? क्या दुनिया में कोई और लड़की भी तुम जितनी प्यारी होगी... ये कमबख़्त झरने... ये मिट्टी के ज़लील पर्दे। जी चाहता है इनको तोड़ फोड़ दूं।"

शारदा फिर हंसी। मुख़्तार ने कहा- "ये हँसी कोई और न देखे, कोई और न सुने। शारदा सिर्फ़ मेरे सामने हँसना और अगर कभी हँसना हो तो मुझे बुला लिया करो। मैं इसके ईर्द-गिर्द अपने होंटों की दीवारें खड़ी कर दूँगा।"

शारदा ने कहा- "आप बातें बड़ी अच्छी करते हैं।"

"तो मुझे इनाम दो... मोहब्बत की एक हल्की सी निगाह उन झरनों से मेरी तरफ़ फेंक दो। मैं उसे अपनी पलकों से उठा कर अपनी आँखों में छुपा लूंगा।" मुख़्तार ने शारदा से दूर एक साया सा देखा और फ़ौरन झरने से हट गया। थोड़ी देर बाद वापस आया तो खिड़की खाली थी। शारदा जा चुकी थी।

आहिस्ता-आहिस्ता मुख़्तार और शारदा दोनों शीर-ओ-शकर हो गए। तन्हाई का मौक़ा मिलता तो देर तक प्यार मोहब्बत की बातें करते रहते। एक दिन रूप कौर और उसका ख़ाविंद लाला कालू मल कहीं बाहर गए हुए थे। मुख़्तार गली में से गुज़र रहा था कि उसको एक कंकर लगा। उसने ऊपर देखा, शारदा थी। उसने हाथ के इशारे से उसे बुलाया।

मुख़्तार उसके पास पहुँच गया। पूरा तख़लिया था, ख़ूब घुल मिल के बातें हुईं। मुख़्तार ने उससे कहा- "उस रोज़ मुझसे गुस्ताख़ी हुई थी और मैंने माफी मांग ली थी। आज फिर गुस्ताख़ी करने का इरादा रखता हूँ, लेकिन माफी नहीं मांगूंगा।" और अपने होंठ शारदा के कंपकंपाते हुए होंठों पर रख दिए।

शारदा ने शर्मीली शरारत से कहा- "अब माफी माँगिए।"

"जी नहीं... अब ये होंठ आपके नहीं... मेरे हैं, क्या मैं झूठ कहता हूँ?"

शारदा ने निगाहें नीची कर के कहा- "ये होंट क्या, मैं ही आपकी हूँ।"

मुख़्तार एक दम संजीदा हो गया- "देखो शारदा। हम इस वक़्त एक आतिश फ़िशां पहाड़ पर खड़े हैं तुम सोच लो, समझ लो। मैं तुम्हें यक़ीन दिलाता हूँ। ख़ुदा की क़सम खा कर कहता हूँ कि तुम्हारे सिवा मेरी ज़िंदगी में और कोई औरत नहीं आएगी। मैं कसम खाता हूँ कि ज़िंदगी भर मैं तुम्हारा रहूँगा। मेरी मोहब्बत साबित क़दम रहेगी... क्या तुम भी इसका अह्द करती हो?"

शारदा ने अपनी निगाहें उठा कर मुख़्तार की तरफ़ देखा- "मेरा प्रेम सच्चा है।"

मुख़्तार ने उसको सीने के साथ भींच लिया और कहा- "ज़िंदा रहो। सिर्फ़ मेरे लिए, मेरी मोहब्बत के लिए वक़्फ़ रहो। ख़ुदा की क़सम शारदा। अगर तुम्हारा इलतिफ़ात मुझे न मिलता तो मैं यक़ीनन ख़ुदकुशी कर लेता। तुम मेरी आग़ोश में हो। मुझे ऐसा महसूस होता है कि सारी दुनिया की खुशियों से मेरी झोली भरी हुई है। मैं बहुत ख़ुशनसीब हूँ।"

शारदा ने अपना सर मुख़्तार के कंधे पर गिरा दिया- "आप बातें करना जानते हैं। मुझसे अपने दिल की बात नहीं कही जाती।"

देर तक दोनों एक दूसरे में मुदग़म रहे। जब मुख़्तार वहां से गया तो उसकी रूह एक नई और सुहानी लज़्ज़त से मामूर थी। सारी रात वो सोचता रहा। दूसरे दिन कलकत्ते चला गया, जहां उसका बाप कारोबार करता था। आठ दिन के बाद वापस आया। शारदा हस्ब-ए-मामूल क्रोशिए का काम सीखने मुक़र्रर वक़्त पर आई। उसकी निगाहों ने इससे कई बातें कीं- कहाँ ग़ायब रहे इतने दिन? मुझसे कुछ न कहा और कलकत्ते चले गए?... मोहब्बत के बड़े दावे करते थे?... मैं नहीं बोलूंगी तुम से... मेरी तरफ क्या देखते हो, क्या कहना चाहते हो मुझसे?

मुख़्तार बहुत कुछ कहना चाहता था मगर तन्हाई नहीं थी। वो काफ़ी तवील गुफ़्तगु उससे करना चाहता था। दो दिन गुज़र गए, मौक़ा न मिला। निगाहों ही निगाहों में गूंगी बातें होती रहीं। आख़िर तीसरे रोज़ शारदा ने उसे बुलाया। मुख़्तार बहुत ख़ुश हुआ। रूप कौर और उसका ख़ाविंद लाला कालू मल घर में नहीं थे।

शारदा सीढ़ियों में मिली। मुख़्तार ने वहीं उसको अपने सीने के साथ लगाना चाहा, वो तड़प कर ऊपर चली गई। नाराज़ थी। मुख़्तार ने उससे कहा- "देख मेरी जान, मेरे पास बैठो, मैं तुमसे बहुत ज़रूरी बातें करना चाहता हूँ। ऐसी बातें जिनका हमारी ज़िंदगी से बड़ा गहरा ताल्लुक है।"

शारदा उसके पास पलंग पर बैठ गई- “तुम बात टालो नहीं! बताओ मुझे बताए बग़ैर कलकत्ते क्यों गए? सच मैं बहुत रोई।”

मुख़्तार ने बढ़ कर उसकी आँखें चूमीं- “उस रोज़ मैं जब से गया तो सारी रात सोचता रहा... जो कुछ उस रोज़ हुआ उसके बाद ये सोच-विचार लाज़िमी था। हमारी हैसियत मियां-बीवी की थी। मैंने ग़लती की। तुमने कुछ न सोचा। हमने एक ही जस्त में कई मंजिलें तय कर लीं और ये ग़ौर ही न किया कि हमें जाना किस तरफ़ है... समझ रही हो ना शारदा?”

शारदा ने आँखें झुका लीं- “जी हाँ।”

“मैं कलकत्ते इसलिए गया था कि अब्बा जी से मशविरा करूं। तुम्हें सुन कर ख़ुशी होगी मैंने उनको राज़ी कर लिया है। मुख़्तार की आँखें ख़ुशी से चमक उठीं। शारदा के दोनों हाथ अपने हाथों में लेकर उसने कहा- “मेरे दिल का सारा बोझ हल्का हो गया है। मैं अब तुम से शादी कर सकता हूँ।”

शारदा ने हौले से कहा- “शादी।”

“हाँ शादी।”

शारदा ने पूछा- “कैसे हो सकती है हमारी शादी?”

मुख़्तार मुस्कराया- “इसमें मुश्किल ही क्या है! तुम मुसलमान हो जाना!”

शारदा एक दम चौंकी - “मुसलमान?”

मुख़्तार ने बड़े इत्मीनान से कहा- “हाँ हाँ... इसके इलावा और हो ही क्या सकता है! मुझे मालूम है कि तुम्हारे घर वाले बड़ा हंगामा मचाएंगे लेकिन मैंने इसका इंतज़ाम कर लिया है। हम दोनों यहां से ग़ायब हो जाएंगे, सीधे कलकत्ते चलेंगे। बाक़ी काम अब्बा जी के सुपुर्द है। जिस रोज़ वहां पहुंचेंगे उसी रोज़ मौलवी बुला कर तुम्हें मुसलमान बना देंगे। शादी भी उसी वक़्त हो जाएगी।”

शारदा के होंठ जैसे किसी ने सी दिए। मुख़्तार ने उसकी तरफ़ देखा- “खामोश क्यों हो गईं?”

शारदा न बोली। मुख़्तार को बड़ी उलझन हुई- “बताओ शारदा क्या बात है?”

शारदा ने बमुश्किल इतना कहा- “तुम हिंदू हो जाओ।”

“मैं हिंदू हो जाऊं?” मुख़्तार के लहजे में हैरत थी। वो हंसा, “मैं हिंदू कैसे हो सकता हूँ?”

“मैं कैसे मुसलमान हो सकती हूँ।” शारदा की आवाज़ मद्धम थी।

"तुम क्यों मुसलमान नहीं हो सकतीं! मेरा मतलब है कि...तुम मुझसे मोहब्बत करती हो। इसके इलावा इस्लाम सबसे अच्छा मज़हब है। हिंदू मज़हब भी कोई मज़हब है। गाय का पेशाब पीते हैं। मेरा मतलब है कि ठीक है अपनी जगह ये मज़हब भी। मगर इस्लाम का मुकाबला नहीं कर सकता।" मुख़्तार के ख़्यालात परेशान थे, "तुम मुसलमान हो जाओगी तो बस... मेरा मतलब है कि सब ठीक हो जाएगा।"

शारदा के चेहरे का ताँबे जैसा ज़र्द रंग पड़ गया- "आप हिंदू नहीं होंगे?"

मुख़्तार हंसा- "पागल हो तुम?"

शारदा का रंग और ज़र्द पड़ गया- "आप जाइए! वो लोग आने वाले हैं।" ये कह कर वो पलंग पर से उठी।

मुख़्तार मुतहय्यर हो गया- "लेकिन शारदा?"

"नहीं नहीं, जाइए आप... जल्दी जाइए... वो आ जाऐंगे।" शारदा के लहजे में बेएतिनाई की सर्दी थी।

मुख़्तार ने अपने ख़ुश्क हलक से बमुश्किल ये अलफ़ाज़ निकाले- "हम दोनों एक दूसरे से मोहब्बत करते हैं। शारदा तुम नाराज़ क्यों हो गईं?"

"जाओ... चले जाओ... हमारा हिंदू मज़हब बहुत बुरा है... तुम मुसलमान बहुत अच्छे हो।" शारदा के लहजे में नफ़रत थी। वो दूसरे कमरे में चली गई और दरवाज़ा बंद कर दिया। मुख़्तार अपना इस्लाम सीने में दबाये वहां से चला गया।

□□□

11
बाँझ

मेरी और उसकी मुलाकात आज से ठीक दो बरस पहले अपोलोबंदर पर हुई। शाम का वक़्त था, सूरज की आख़िरी किरनें समुंदर की उन दराज़ लहरों के पीछे गायब हो चुकी थी जो साहिल के बेंच पर बैठ कर देखने से मोटे कपड़े की तहें मालूम होती थीं। मैं गेट ऑफ इंडिया के उस तरफ पहला बेंच छोड़ कर जिस पर एक आदमी चम्पी वाले से अपने सिर की मालिश करा रहा था, दूसरे बेंच पर बैठा था और हद्द-ए-नज़र तक फैले हुए समुंदर को देख रहा था।

दूर बहुत दूर जहां समुंदर और आसमान घुल मिल रहे थे। बड़ी बड़ी लहरें आहिस्ता आहिस्ता उठ रही थीं और ऐसा मालूम होता था कि बहुत बड़ा गदले रंग का कालीन है जिसे इधर से उधर समेटा जा रहा है।

साहिल के सब कुमकुमें रोशन थे जिनका अक्स किनारे के लर्ज़ां पानी पर कपकपाती हुई मोटी लकीरों की सूरत में जगह जगह रेंग रहा था। मेरे पास पथरीली दीवार के नीचे कई कश्तियों के लिपटे हुए बादबान और बांस हौले-हौले हरकत कर रहे थे। समुंदर की लहरें और तमाशाइयों की आवाज़ एक गुनगुनाहट बन कर फिज़ा में घुली हुई थी। कभी कभी किसी आने या जाने वाली मोटर के हॉर्न की आवाज़ बुलंद होती और यूं मालूम होता कि बड़ी दिलचस्प कहानी सुनने के दौरान में किसी ने ज़ोर से "हूँ" की है।

ऐसे माहौल में सिगरेट पीने का बहुत मज़ा आता है। मैंने जेब में हाथ डाल कर सिगरेट की डिबिया निकाली, मगर माचिस न मिली। जाने कहाँ भूल आया था। सिगरेट की डिबिया वापस जेब में रखने ही वाला था कि पास से किसी ने कहा, "माचिस लीजिएगा।"

मैंने मुड़ कर देखा। बेंच के पीछे एक नौजवान खड़ा था। यूं तो बंबई के आम बाशिंदों का रंग ज़र्द होता है। लेकिन उसका चेहरा ख़ौफ़नाक तौर पर ज़र्द था। मैंने उसका शुक्रिया अदा किया, "आप की बड़ी इनायत है।"

उसने जवाब दिया, "आप सिगरेट सुलगा लीजिए, मुझे जाना है।"

मुझे ऐसा महसूस हुआ कि उसने झूट बोला है क्योंकि उसके लहजे से इस बात का पता चलता था कि उसे कोई जल्दी नहीं है और न उसे कहीं जाना है। आप कहेंगे कि लहजे

से ऐसी बातों का किस तरह पता चल सकता है। लेकिन हक़ीक़त ये है कि मुझे उस वक़्त ऐसा महसूस हुआ, चुनांचे मैंने एक बार फिर कहा, "ऐसी जल्दी क्या है... तशरीफ़ रखिए।" और ये कह कर मैंने सिगरेट की डिबिया उसकी तरफ बढ़ा दी, "शौक़ फ़रमाईए।"

उसने सिगरेट की छाप की तरफ देखा और जवाब दिया, "शुक्रिया, मैं सिर्फ ब्रांड पिया करता हूँ।"

आप मानें न मानें मगर मैं कसमिया कहता हूँ कि इस बार उसने फिर झूट बोला। इस मर्तबा फिर उसके लहजे ने चुगुली खाई और मुझे उससे दिलचस्पी पैदा हो गई। इसलिए कि मैंने अपने दिल में कसद कर लिया था कि उसे ज़रूर अपने पास बिठाऊंगा और अपना सिगरेट पिलवाऊँगा। मेरे ख़याल के मुताबिक़ इसमें मुश्किल की कोई बात ही न थी क्योंकि उसके दो जुमलों ही ने मुझे बता दिया था कि वो अपने आप को धोका दे रहा है।

उसका जी चाहता है कि मेरे पास बैठे और सिगरेट पिए। लेकिन यक-ब-यक-वक़्त उसके दिल में ये ख़याल भी पैदा हुआ था कि मेरे पास न बैठे और मेरा सिगरेट न पिए, चुनांचे हाँ और न का ये तसादुम उसके लहजे में साफ तौर पर मुझे नज़र आया था। आप यकीन जानिए कि उसका वजूद भी होने और न होने के बीच में लटका हुआ था।

उसका चेहरा जैसा कि मैं बयान कर चुका हूँ बेहद पीला था। उस पर उसकी नाक आँखों और मुँह के ख़ुतूत इस क़दर मद्धम थे जैसे किसी ने तस्वीर बनाई है और उसको पानी से धो डाला है। कभी कभी उसकी तरफ देखते देखते उसके होंट उभर से आते लेकिन फिर राख में लिपटी हुई चिंगारी के मानिंद सो जाते। उसके चेहरे के दूसरे ख़ुतूत का भी यही हाल था।

आँखें गदले पानी की दो बड़ी बड़ी बूंदें थीं जिन पर उसकी छोरी पलकें झुकी हुई थीं। बाल काले थे मगर उनकी स्याही जले हुए कागज़ के मानिंद थी जिनमें भोसलापन होता है। क़रीब से देखने पर उसकी नाक का सही नक़्शा मालूम हो सकता था। मगर दूर से देखने पर वो बिल्कुल चिपटी मालूम होती थी क्योंकि जैसा कि मैं इससे पेशतर बयान कर चुका हूँ, उसके चेहरे के ख़ुतूत बिल्कुल ही मद्धम थे।

उसका क़द आम लोगों जितना था। यानी न छोटा न बड़ा। अलबत्ता जब वो एक ख़ास अंदाज़ से यानी अपनी कमर की हड्डी को ढीला छोड़ के खड़ा होता तो उसके क़द में नुमायां फर्क पैदा हो जाता। इस तरह जब कि वो एक दम खड़ा होता तो उसका कद जिस्म के मुकाबले में बहुत बड़ा दिखाई देता।

कपड़े उसके ख़स्ता हालत में थे लेकिन मैले नहीं थे। कोट की आस्तीनों के आख़िरी हिस्से कसरत-ए-इस्तेमाल के बाइस घिस गए थे और फूसड़े निकल आए थे। कॉलर खुला

था और कमीज़ बस एक और धुलाई की मार थी। मगर इन कपड़ों में भी वो खुद को एक बावकार अंदाज़ में पेश करने की सई कर रहा था।

मैं सई कर रहा था! इसलिए कहा, क्योंकि जब मैंने उसकी तरफ देखा था तो उसके सारे वजूद में बेचैनी की लहर दौड़ गई थी और मुझे ऐसा मालूम हुआ था कि वो अपने आपको मेरी निगाहों से ओझल रखना चाहता है।

मैं उठ खड़ा हुआ और सिगरेट सुलगा कर उसकी तरफ डिबिया बढ़ा दी, "शौक़ फरमाईए।"

ये मैंने कुछ इस तरीके से कहा और फ़ौरन माचिस सुलगा कर इस अंदाज़ से पेश की कि वो सब कुछ भूल गया। उसने डिबिया में से सिगरेट निकाल कर मुँह में दबा लिया और उसे सुलगा कर पीना भी शुरू कर दिया। लेकिन एका एकी उसे अपनी गलती का एहसास हुआ और मुँह में से सिगरेट निकाल कर मस्नूई खांसी के आसार हलक में पैदा करते हुए उसने कहा, "केवेन्डर मुझे रास नहीं आते, इनका तंबाकू बहुत तेज़ है। मेरे गले में फ़ौरन ख़राशें पैदा हो जाती हैं।"

मैंने उससे पूछा, "आप कौन से सिगरेट पसंद करते हैं?"

उसने तुतलाकर जवाब दिया, "मैं... मैं... दरअसल सिगरेट बहुत कम पीता हूँ क्योंकि डॉक्टर अरोकर ने मना कर रखा है। वैसे में थ्री फालू पीता हूँ जिनका तंबाकू तेज़ नहीं होता।"

उसने जिस डॉक्टर का नाम लिया, वो बंबई का बहुत बड़ा डॉक्टर है। उसकी फ़ीस दस रुपये है और जिन सिगरेटों का उसने हवाला दिया, उसके मुतअल्लिक़ आपको भी मालूम होगा कि बहुत महंगे दामों पर मिलते हैं। उसने एक ही सांस में दो झूट बोले, जो मुझे हज़म न हुए, मगर मैं ख़ामोश रहा।

हालाँकि सच अर्ज़ करता हूँ, उस वक़्त मेरे दिल में यही ख़्वाहिश चुटकियां ले रही थी कि उसका गलाफ़ उतार दूं और उसकी दरोगगाई को बेनकाब कर दूं और उसे कुछ इस तरह शर्मिंदा करूं कि वो मुझसे माफ़ी मांगे। मगर मैंने जब उसकी तरफ देखा तो इस फ़ैसले पर पहुंचा कि उसने जो कुछ कहा है, उसका जुज़्व बन कर रह गया है। झूट बोल कर चेहरे पर जो एक सुर्ख़ी सी दौड़ जाया करती है, मुझे नज़र न आई बल्कि मैंने ये देखा कि वो जो कुछ कह चुका है, उसको हक़ीक़त समझता है।

उसके झूट में इस क़दर इख़्लास था यानी उसने इतने पुरख़ुलूस तरीके पर झूट बोला था कि उसकी मीज़ान-ए-एहसास में हल्की सी जुंबिश भी पैदा नहीं हुई थी। ख़ैर इस क़िस्से

को छोड़िए। ऐसी बारीकियां मैं आप को बताने लगूं तो सफ़हों के सफ़े काले हो जाऐंगे और अफ़साना बहुत ख़ुश्क हो जाएगा।

थोड़ी-सी रस्मी गुफ़्तुगू के बाद मैंने उसको राह पर लगाया और एक और सिगरेट पेश करके समुंदर के दिलफ़रेब मंज़र की बात छेड़ दी। चूँकि अफ़्सानानिगार हूँ। इसलिए कुछ इस दिलचस्प तरीके पर उसे समुंदर, अपोलोबन्दर और वहां आने-जाने वाले तमाशाइयों के बारे में चंद बातें सुनाईं कि छ: सिगरेट पीने पर भी उसके हलक़ में ख़रख़राहट पैदा न हुई।

उसने मेरा नाम पूछा। मैंने बताया तो वो उठ खड़ा हुआ और कहने लगा, “आप मिस्टर... हैं... मैं आपके कई अफ़साने पढ़ चुका हूँ। मुझे... मुझे मालूम न था कि आप... हैं... मुझे आप से मिल कर बहुत ख़ुशी हुई है, वल्लाह बहुत ख़ुशी हुई है।”

मैंने उसका शुक्रिया अदा करना चाहा। मगर उसने अपनी बात शुरू कर दी... “हाँ ख़ूब याद आया, अभी हाल ही में आपका एक अफ़साना मैंने पढ़ा है... उनवान भूल गया हूँ... उसमें आपने एक लड़की पेश की है जो किसी मर्द से मुहब्बत करती थी। मगर वो उसे धोका दे गया।” उसी लड़की से एक और मर्द भी मुहब्बत करता था जो अफ़साना सुनाता है।

“जब उसको लड़की की उफ़्ताद का पता चलता है तो वो उससे मिलता है और उससे कहता है, ज़िंदा रहो... उन चंद घड़ियों की याद में अपनी ज़िंदगी की बुनियादें खड़ी करो। जो तुमने उसकी मुहब्बत में गुज़ारी हैं। इस मसर्रत की याद में जो तुमने चंद लम्हात के लिए हासिल की थी... मुझे असल इबारत याद नहीं रही, लेकिन मुझे बताईए। क्या ऐसा मुम्किन है... मुम्किन को छोड़िए। आप ये बताईए कि वो आदमी आप तो नहीं थे?”

“मगर क्या आप ही ने उससे कोठे पर मुलाक़ात की थी और उसकी थकी हुई जवानी को ऊँघती हुई चांदनी में छोड़कर नीचे अपने कमरे में सोने के लिए चले आए थे...” ये कहते हुए वो एक दम ठहर गया। “मगर मुझे ऐसी बातें नहीं पूछनी चाहिऐं... अपने दिल का हाल कौन बताता है।”

इस पर मैंने कहा, “मैं आप को बताऊंगा... लेकिन पहली मुलाक़ात में सब कुछ पूछ लेना और सब कुछ बता देना अच्छा मालूम नहीं होता। आपका क्या ख़याल है?” वो जोश जो गुफ़्तुगू करते वक़्त उसके अंदर पैदा हो गया था, एक दम ठंडा पड़ गया।

उसने धीमे लहजे में कहा, “आप का फ़रमाना बिल्कुल दुरुस्त है मगर क्या पता है कि आप से फिर कभी मुलाक़ात न हो।”

इस पर मैंने कहा, “इसमें शक नहीं बंबई बहुत बड़ा शहर है लेकिन हमारी एक नहीं बहुत सी मुलाक़ातें हो सकती हैं, बेकार आदमी हूँ, यानी अफ़सानानिगार... शाम को हर

रोज़ इसी वक़्त बशर्ते कि बीमार न हो जाऊं, आप मुझे हमेशा इसी जगह पर पाएंगे... यहां बेशुमार लड़कियां सैर को आती हैं और मैं इसलिए आता हूँ कि ख़ुद को किसी की मुहब्बत में गिरफ़्तार कर सकूं... मुहब्बत बुरी चीज़ नहीं है!"

"मुहब्बत... मुहब्बत...!" उसने इससे आगे कुछ कहना चाहा मगर न कह सका और जलती हुई रस्सी की तरह आख़िरी बल खा कर ख़ामोश हो गया।

मैंने अज़ राह-ए-मज़ाक़ उससे मुहब्बत का ज़िक्र किया था। दरअसल उस वक़्त फिज़ा ऐसी दिलफ़रेब थी कि अगर किसी औरत पर आशिक़ हो जाता तो मुझे अफ़सोस न होता, जब दोनों वक़्त आपस में मिल रहे हों।

नीम तारीकी में बिजली के कुमकुमे क़तार दर क़तार आँखें झपकना शुरू कर दें। हवा में ख़ुनकी पैदा हो जाये और फिज़ा पर एक अफ़सानवी कैफ़ियत सी छा जाये तो किसी अजनबी औरत की कुरबत की ज़रूरत महसूस हुआ करती है। एक ऐसी जिसका एहसास तहत-ए-शऊर में छुपा रहता है।

ख़ुदा मालूम उसने किस अफ़साने के मुतअल्लिक़ मुझसे पूछा था। मुझे अपने सब अफ़साने याद नहीं और ख़ासतौर पर वो तो बिल्कुल याद नहीं जो रूमानी हैं। मैं अपनी ज़िंदगी में बहुत कम औरतों से मिला हूँ। वो अफ़साने जो मैंने औरतों के मुतअल्लिक़ लिखे हैं या तो किसी ख़ास ज़रूरत के मातहत लिखे गए हैं या महज़ दिमागी अय्याशी के लिए, मेरे ऐसे अफ़सानों में चूँकि ख़ुलूस नहीं है। इसलिए मैंने कभी उनके मुतअल्लिक़ गौर नहीं किया।

एक ख़ास तबके की औरतें मेरी नज़र से गुज़री हैं और उनके मुतअल्लिक़ मैंने चंद अफ़साने लिखे हैं, मगर वो रुमान नहीं हैं। उसने जिस अफ़साने का ज़िक्र किया था, वो यक़ीनन कोई अदना दर्जे का रुमान था जो मैंने अपने चंद जज़्बात की प्यास बुझाने के लिए लिखा होगा... लेकिन मैंने तो अपना अफ़साना बयान करना शुरू कर दिया।

हाँ तो जब वो मुहब्बत कह कर ख़ामोश हो गया तो मेरे दिल में ख़्वाहिश पैदा हुई कि मुहब्बत के बारे में कुछ और कहूं। चुनांचे मैंने कहना शुरू किया, "मुहब्बत की यूँ तो बहुत सी किस्में हमारे बाप-दादा बयान कर गए हैं। मगर मैं समझता हूँ कि मुहब्बत ख़्वाह मुल्तान में हो या साइबेरिया के यक़-बस्ता मैदानों में। सर्दियों में पैदा हो या गर्मियों में, अमीर के दिल में पैदा हो या ग़रीब के दिल में... मुहब्बत ख़ूबसूरत करे या बदसूरत बदकिरदार करे या नेकोकार... मुहब्बत मुहब्बत ही रहती है।"

"इसमें कोई फ़र्क पैदा नहीं होता, जिस तरह बच्चे पैदा होने की सूरत हमेशा ही एक सी चली आ रही है। इसी तरह मुहब्बत की पैदाइश भी एक ही तरीके पर होती है।

ये जुदा बात है कि सईदा बेगम हस्पताल में बच्चा जने और राजकुमारी जंगल में। गुलाम मोहम्मद के दिल में भंगन मुहब्बत पैदा कर दे और नटवरलाल के दिल में कोई रानी जिस तरह बा'ज़ बच्चे वक़्त से पहले पैदा होते हैं और कमज़ोर रहते हैं। उसी तरह वो मुहब्बत भी कमज़ोर रहती है जो वक़्त से पहले जन्म ले, बा'ज़ दफ़ा बच्चे बड़ी तकलीफ़ से पैदा होते हैं।"

"बा'ज़ दफ़ा मुहब्बत भी बड़ी तकलीफ़ दे कर पैदा होती है। जिस तरह औरतों का हमल गिर जाता है। उसी तरह मुहब्बत भी गिर जाती है। बा'ज़ दफ़ा बांझपन पैदा हो जाता है। इधर भी आपको ऐसे आदमी नज़र आयेंगे जो मुहब्बत करने के मुआमले में बांझ हैं... इसका मतलब ये नहीं कि मुहब्बत करने की ख़्वाहिश उनके दिल से हमेशा के लिए मिट जाती है, या उनके अंदर वो जज़्बा ही नहीं रहता, नहीं, ये ख़्वाहिश उनके दिल में मौजूद होती है।"

"मगर वो इस क़ाबिल नहीं रहते कि मुहब्बत कर सकें। जिस तरह औरत अपने जिस्मानी नक़ाइस के बाइस बच्चे पैदा करने के क़ाबिल नहीं रहती। उसी तरह ये लोग चंद रुहानी नक़ाइस की वजह से किसी के दिल में मुहब्बत पैदा करने की क़ुव्वत नहीं रखते... मुहब्बत का इस्क़ात भी हो सकता है..."

मुझे अपनी गुफ़्तुगू दिलचस्प मालूम हो रही थी। चुनांचे मैं उसकी तरफ देखे बग़ैर लेक्चर दिए जा रहा था। लेकिन जब मैं उसकी तरफ मुतवज्जा हुआ तो वो समुंदर के उस पार ख़ला में देख रहा था और अपने ख़यालात में गुम था, मैं ख़ामोश हो गया।

जब दूर से किसी मोटर का हॉर्न बजा तो वो चौंका और ख़ालीउज़्ज़ेहन हो कर कहने लगा, "जी... आपने बिल्कुल दुरुस्त फ़रमाया है!"

मेरे जी में आई कि उससे पूछूं... "दुरुस्त फ़रमाया है? इसको छोड़िए, आप ये बताईए कि मैंने क्या कहा है?" लेकिन मैं ख़ामोश रहा और उसको मौक़ा दिया कि अपने वज़नी ख़यालात दिमाग से झटक दे।

वो कुछ देर सोचता रहा। उसके बाद उसने फिर कहा, "आपने बिल्कुल ठीक फ़रमाया है। लेकिन... ख़ैर छोड़िए इस क़िस्से को।"

मुझे अपनी गुफ़्तुगू बहुत अच्छी मालूम हुई थी। मैं चाहता था कि कोई मेरी बातें सुनता चला जाये। चुनांचे मैंने फिर से कहना शुरू किया, "तो मैं अर्ज़ कर रहा था कि बा'ज़ आदमी भी मुहब्बत के मुआमले में बांझ होते हैं। यानी उनके दिल में मुहब्बत करने की ख़्वाहिश तो मौजूद होती है लेकिन उनकी ये ख़्वाहिश कभी पूरी नहीं होती। मैं समझता हूँ कि इस बांझपन का बाइस रुहानी नक़ाइस हैं। आपका क्या ख़याल है?"

उसका रंग और भी ज़र्द पड़ गया जैसे उसने कोई भूत देख लिया हो। ये तब्दीली उसके अंदर इतनी जल्दी पैदा हुई कि मैंने घबरा कर उससे पूछा, "ख़ैरियत तो है... आप बीमार हैं।"

"नहीं तो... नहीं तो," उसकी परेशानी और भी ज़्यादा हो गई।

"मुझे कोई बीमारी-वीमारी नहीं है... लेकिन आपने कैसे समझ लिया कि मैं बीमार हूँ।"

मैंने जवाब दिया, "इस वक़्त आपको जो कोई भी देखेगा, यही कहेगा कि आप बहुत बीमार हैं। आपका रंग ख़ौफ़नाक तौर पर ज़र्द हो रहा है... मेरा ख़याल है आपको घर चले जाना चाहिए। आईए मैं आप को छोड़ आऊं।"

"नहीं मैं चला जाऊंगा। मगर मैं बीमार नहीं हूँ... कभी कभी मेरे दिल में मामूली सा दर्द पैदा हो जाया करता है। शायद वही हो... मैं अभी ठीक हो जाऊंगा, आप अपनी गुफ़्तुगू जारी रखिए।"

मैं थोड़ी देर ख़ामोश रहा क्योंकि वो ऐसी हालत में नहीं था कि मेरी बात ग़ौर से सुन सकता। लेकिन जब उसने इसरार किया तो मैंने कहना शुरू किया, "मैं आप से ये पूछ रहा था कि उन लोगों के मुतअल्लिक़ आपका क्या ख़याल है जो मुहब्बत करने के मुआमले में बांझ होते हैं... मैं ऐसे आदमियों के जज़्बात और उनकी अंदरूनी कैफ़ियात का अंदाज़ा नहीं कर सकता। लेकिन जब मैं उस बांझ औरत का तसव्वुर करता हूँ जो सिर्फ़ एक बेटी या बेटा हासिल करने के लिए दुआएं मांगती है। ख़ुदा के हुज़ूर में गिड़गिड़ाती है और जब वहां से कुछ नहीं मिलता तो टोने-टोटकों में अपना गौहर-ए-मक़सूद ढूंढती है।"

"श्मशानों से राख लाती है, कई कई रातें जाग कर साधुओं के बताए हुए मंत्र पढ़ती हैं। मन्नतें मानती है, चढ़ावे चढ़ाती है तो मैं ख़याल करता हूँ कि उस आदमी की भी यही हालत होती होगी जो मुहब्बत के मुआमले में बांझ हो... ऐसे लोग वाक़ई हमदर्दी के क़ाबिल हैं। मुझे अंधों पर इतना रहम नहीं आता जितना इन लोगों पर आता है।"

उसकी आँखों में आँसू आ गए और वो थूक निगल कर दफ़अतन उठ खड़ा हुआ और परली तरफ मुँह कर के कहने लगा, "ओह बहुत देर हो गई। मुझे ज़रूरी काम के लिए जाना था, यहां बातों-बातों में कितना वक़्त गुज़र गया।"

मैं भी उठ खड़ा हुआ। वो पलटा और जल्दी से मेरा हाथ दबा कर लेकिन मेरी तरफ देखे बग़ैर उसने, "अब रुख़्सत चाहता हूँ" कहा और चल दिया।

दूसरी मर्तबा उससे मेरी मुलाक़ात फिर अपोलोबंदर ही पर हुई। मैं सैर का आदी नहीं हूँ। मगर उस ज़माने में हर शाम अपोलोबंदर पर जाना मेरा दस्तूर हो गया था। एक महीने

के बाद जब मुझे आगरा के एक शायर ने एक लंबा-चौड़ा ख़त लिखा जिसमें उसने निहायत ही हरीसाना तौर पर अपोलोबंदर और वहां जमा होने वाली परियों का ज़िक्र किया और मुझे इस लिहाज़ से बहुत ख़ुशक़िस्मत कहा कि मैं बंबई में हूँ, तो अपोलो बंदर से मेरी दिलचस्पी हमेशा के लिए फ़ना हो गई।

अब जब कभी कोई मुझे अपोलोबंदर जाने को कहता है तो मुझे आगरे के शायर का ख़त याद आजाता है और मेरी तबीयत मतला जाती है। लेकिन मैं उस ज़माने का ज़िक्र कर रहा हूँ, जब ख़त मुझे नहीं मिला था और मैं हर रोज़ जाकर शाम को अपोलोबंदर के उस बेंच पर बैठा करता था जिसके उस तरफ कई आदमी चम्पी वालों से अपनी खोपड़ियों की मरम्मत कराते रहते हैं।

दिन पूरी तरह ढल चुका था और उजाले का कोई निशान बाक़ी नहीं रहा था। अक्तूबर की गर्मी में कमी वाक़े नहीं हुई थी। हवा चल रही थी... थके हुए मुसाफ़िर की तरह। सैर करने वालों का हुजूम ज़्यादा था। मेरे पीछे मोटरें ही मोटरें खड़ी थीं। बेंच भी सब के सब पुर थे।

जहां बैठा करता था, वहां दो बातूनी एक गुजराती और एक पार्सी न जाने कब के जमे हुए थे। दोनों गुजराती बोलते थे, मगर मुख़्तलिफ़ लब-ओ-लहजा से। पार्सी की आवाज़ में दो सुर थे। वो कभी बारीक सुर में बात करता था कभी मोटे सुर में। जब दोनों तेज़ी से बोलना शुरू कर देते तो ऐसा मालूम होता जैसे तोते-मैना की लड़ाई हो रही है।

मैं उनकी लामुतनाही गुफ़्तुगू से तंग आकर उठा और टहलने की ख़ातिर ताजमहल होटल का रुख़ करने ही वाला था कि सामने से मुझे वो आता दिखाई दिया। मुझे उसका नाम मालूम नहीं था। इसलिए मैं उसे पुकार न सका। लेकिन जब उसने मुझे देखा तो उसकी निगाहें साकिन हो गईं। जैसे उसे वो चीज़ मिल गई हो जिसकी उसे तलाश थी।

कोई बेंच ख़ाली नहीं था। इसलिए मैंने उससे कहा, “आप से बहुत देर के बाद मुलाक़ात हुई... चलिए सामने रेस्तोराँ में बैठते हैं। यहां कोई बेंच ख़ाली नहीं।”

उसने रस्मी तौर पर चंद बातें कीं और मेरे साथ हो लिया। चंद गज़ों का फ़ासला तय करने के बाद हम दोनों रेस्तोराँ में बेद की कुर्सियों पर बैठ गए। चाय का आर्डर देकर मैंने उसकी तरफ सिगरेटों का टिन बढ़ा दिया। इत्तेफ़ाक की बात है, मैंने उसी रोज़ दस रुपये दे कर डॉक्टर अरोलकर से मशवरा लिया था और उसने मुझ से कहा था कि अव्वल तो सिगरेट पीना ही मौक़ूफ़ कर दो और अगर तुम ऐसा नहीं कर सकते तो अच्छे सिगरेट पिया करो।

मिसाल के तौर पर पाँच सौ पचपन... चुनांचे मैंने डॉक्टर के कहने के मुताबिक़ ये टिन उसी शाम ख़रीदा था। उसने डिब्बे की तरफ ग़ौर से देखा। फिर मेरी तरफ निगाहें उठाईं, कुछ कहना चाहा मगर ख़ामोश रहा।

मैं हंस पड़ा, “आप ये न समझिएगा कि मैंने आपके कहने पर ये सिगरेट पीना शुरू किए हैं... इत्तेफ़ाक की बात है कि आज मुझे भी डॉक्टर अरोलकर के पास जाना पड़ा क्योंकि कुछ दिनों से मेरे सीने में दर्द हो रहा है, चुनांचे उसने मुझसे कहा कि ये सिगरेट पिया करो लेकिन बहुत कम...”

मैंने ये कहते हुए उसकी तरफ देखा और महसूस किया कि उसको मेरी ये बातें नागवार मालूम हुई हैं। चुनांचे मैंने फ़ौरन जेब से वो नुस्ख़ा निकाला जो डॉक्टर अरोलकर ने मुझे लिख कर दिया था। ये काग़ज़ मेज़ पर मैंने उसके सामने रख दिया। “ये इबारत मुझ से पढ़ी तो नहीं जाती। मगर ऐसा मालूम होता है कि डॉक्टर साहिब ने विटामिन का सारा ख़ानदान इस नुस्ख़े में जमा कर दिया है।”

उस काग़ज़ को जिस पर उभरे हुए काले हुरूफ़ में डॉक्टर अरोलकर का नाम और पता मुंदर्ज था और तारीख़ भी लिखी हुई थी। उसने चोर निगाहों से देखा और वो इज़्तिराब जो उसके चेहरे पर पैदा हो गया था फ़ौरन दूर हो गया। चुनांचे उसने मुस्कराकर कहा, “क्या वजह है कि अक्सर लिखने वालों के अंदर विटामिन्ज़ ख़त्म हो जाती हैं?”

मैंने जवाब दिया, “इसलिए कि उन्हें खाने को काफ़ी नहीं मिलता। काम ज़्यादा करते हैं। लेकिन उजरत बहुत कम मिलती है।”

इसके बाद चाय आ गई और दूसरी बातें शुरू हो गईं।

पहली मुलाक़ात और इस मुलाक़ात में ग़ालिबन ढाई महीने का फ़ासला था। उसके चेहरे का रंग पहले से ज़्यादा पीला था। आँखों के गिर्द स्याह हल्क़े पैदा हो रहे थे। उसे ग़ालिबन कोई तकलीफ़ थी जिसका एहसास उसे हर वक़्त रहता था क्योंकि बातें करते करते बा'ज़ औक़ात वो ठहर जाता और उसके होंटों में से ग़ैर इरादी तौर पर आह निकल जाती। अगर हँसने की कोशिश भी करता तो उसके होंटों में ज़िंदगी पैदा नहीं होती थी।

मैंने ये कैफ़ियत देख कर उससे अचानक तौर पर पूछा, “आप उदास क्यों हैं?”

“उदास... उदास।” एक फीकी सी मुस्कराहट जो उन मरने वालों के लबों पर पैदा हुआ करती है जो ज़ाहिर करना चाहते हैं कि वो मौत से ख़ाइफ़ नहीं। उसके होंटों पर फैली, “मैं उदास नहीं हूँ। आपकी तबीयत उदास होगी।”

ये कह कर उसने एक ही घूँट में चाय की प्याली ख़ाली कर दी और उठ खड़ा हुआ, “अच्छा तो मैं इजाज़त चाहता हूँ... एक ज़रूरी काम से जाना है।”

मुझे यक़ीन था कि उसे किसी ज़रूरी काम से नहीं जाना है। मगर मैंने उसे न रोका और जाने दिया। इस दफ़ा फिर उसका नाम दरयाफ्त न कर सका। लेकिन इतना पता चल गया कि वो ज़ेहनी और रुहानी तौर पर बेहद परेशान था। वो उदास था। बल्कि यूं कहिए कि उदासी उसकी रग-ओ-रशे में सरायत कर चुकी थी। मगर वो नहीं चाहता था कि उसकी उदासी का दूसरों को इल्म हो।

वो दो ज़िंदगियां बसर करना चाहता था। एक वो जो हक़ीक़त थी और एक वो जिसकी तख़लीक़ में हर घड़ी, हर लम्हा मसरूफ़ रहता था। लेकिन उसकी ज़िंदगी के ये दोनों पहलू नाकाम थे। क्यों? ये मुझे मालूम नहीं।

उससे तीसरी मर्तबा मेरी मुलाक़ात फिर अपोलोबंदर पर हुई। इस दफ़ा मैं उसे अपने घर ले गया। रास्ते में हमारी कोई बातचीत न हुई लेकिन घर पर उसके साथ बहुत सी बातें हुईं। जब वो मेरे कमरे में दाख़िल हुआ तो उसके चेहरे पर चंद लम्हात के लिए उदासी छा गई। मगर वो फ़ौरन सँभल गया और उसने अपनी आदत के ख़िलाफ़ अपने आप को बहुत तर-ओ-ताज़ा और बातूनी ज़ाहिर करने की कोशिश की।

उसको इस हालत में देख कर मुझे उस पर और भी तरस आ गया। वो एक मौत जैसी यक़ीनी हक़ीक़त को झुटला रहा था और मज़ा ये है कि इस ख़ुदफ़रेबी से कभी कभी वो मुतमइन भी नज़र आता था।

बातों के दौरान में उसकी नज़र मेरे मेज़ पर पड़ी। शीशे के फ्रेम में उसको एक लड़की की तस्वीर नज़र आई। उठ कर उसने तस्वीर की तरफ जाते हुए कहा, "क्या मैं आपकी इजाज़त से ये तस्वीर देख सकता हूँ।"

मैंने कहा, "बसद शौक़।"

उसने तस्वीर को एक नज़र देखा और देख कर कुर्सी पर बैठ गया, "अच्छी ख़ूबसूरत लड़की है... मैं समझता हूँ कि आप की..."

"जी नहीं... एक ज़माना हुआ। इससे मुहब्बत करने का ख़याल मेरे दिल में पैदा हुआ था। बल्कि यूं कहिए कि थोड़ी सी मुहब्बत मेरे दिल में पैदा भी हो गई थी। मगर अफ़सोस है कि उसको उसकी ख़बर तक न हुई। और मैं... मैं... नहीं। बल्कि वो ब्याह दी गई... ये तस्वीर मेरी पहली मुहब्बत की यादगार है, जो अच्छी तरह पैदा होने से पहले ही मर गई..."

"ये आपकी मुहब्बत की यादगार है... इसके बाद तो आपने और भी बहुत सी रुमान लड़ाए होंगे।" उसने अपने ख़ुश्क होंटों पर ज़बान फेरी, "यानी आपकी ज़िंदगी में तो कई ऐसी ना-मुकम्मल और मुकम्मल मुहब्बतें मौजूद होंगी।"

मैं कहने ही वाला था कि जी नहीं ख़ाकसार भी मुहब्बत के मुआमले में आप जैसा बंजर है। मगर जाने क्यों ये कहता कहता रुक गया और ख़्वाहमख़्वाह झूट बोल दिया, “जी हाँ... ऐसे सिलसिले होते रहते हैं... आपकी किताब-ए-ज़िंदगी भी तो ऐसे वाक़ियात से भरपूर होगी।”

वो कुछ न बोला और बिल्कुल ख़ामोश हो गया। जैसे किसी गहरे समुंदर में ग़ोता लगा गया है। देर तक जब वो अपने ख़यालात में ग़र्क़ रहा और मैं उसकी ख़ामोशी से उदास होने लगा तो मैंने कहा, “अजी हज़रत! आप किन ख़यालात में खो गए?”

वो चौंक पड़ा, “मैं... मैं... कुछ नहीं मैं ऐसे ही कुछ सोच रहा था।”

मैंने पूछा, “कोई बीती कहानी याद आ गई। कोई बिछड़ा हुआ सपना मिल गया... पुराने ज़ख़्म हरे हो गए।”

“ज़ख़्म... पुराने ज़ख़्म... कोई ज़ख़्म नहीं... सिर्फ़ एक ही है, बहुत गहरा, बहुत कारी और ज़ख़्म मैं चाहता भी नहीं। एक ही ज़ख़्म काफ़ी है,” ये कह कर वो उठ खड़ा हुआ और मेरे कमरे में टहलने की कोशिश करने लगा क्योंकि इस छोटी सी जगह में जहां कुर्सियां, मेज़ और चारपाई सब कुछ पड़ा था, टहलने के लिए कोई जगह नहीं थी। मेज़ के पास उसे रुकना पड़ा।

तस्वीर को अब की दफ़ा गहरी नज़रों से देखा और कहा, “इसमें और उसमें कितनी मुशाबहत है... मगर उसके चेहरे पर ऐसी शोख़ी नहीं थी। उसकी आँखें बड़ी थीं मगर इन आँखों की तरह उनमें शरारत नहीं थी। वो फ़िक्रमंद आँखें थी। ऐसी आँखें जो देखती भी हैं और समझती भी हैं...” ये कहते हुए उसने एक सर्द आह भरी और कुर्सी पर बैठ गया।

“मौत बिल्कुल नाक़ाबिल-ए-फ़हम चीज़ है। खासतौर पर उस वक़्त जब कि ये जवानी में आए... मैं समझता हूँ कि ख़ुदा के इलावा एक ताक़त और भी है जो बड़ी हासिद है जो किसी को ख़ुश देखना नहीं चाहती... मगर छोड़िए इस क़िस्से को।”

मैंने उससे कहा, “नहीं नहीं, आप सुनाते जाइए... लेकिन अगर आप ऐसा मुनासिब समझें, सच पूछिए तो मैं ये समझ रहा था कि आपने कभी मुहब्बत की ही न होगी।”

“ये आपने कैसे समझ लिया कि मैंने कभी मुहब्बत की ही नहीं और अभी अभी तो आप कह रहे थे कि मेरी किताब-ए-ज़िंदगी ऐसे कई वाक़ियात से भरी पड़ी होगी।” ये कह कर उसनें मेरी तरफ सवालिया निगाहों से देखा।

“मैंने अगर मुहब्बत नहीं की तो ये दुख मेरे दिल में कहाँ से पैदा हो गया है? मैंने अगर मुहब्बत नहीं की तो मेरी ज़िंदगी को ये रोग कहाँ से चिमट गया है? मैं रोज़ बरोज़ मोम की तरह क्यों पिघला जा रहा हूँ?”

बज़ाहिर ये तमाम सवाल वो मुझ से कर रहा था, मगर दरअसल वो सब कुछ अपने आप ही से पूछ रहा था।

मैंने कहा, "मैंने झूट बोला था कि आपकी ज़िंदगी में ऐसे कई वाक़ियात होंगे। मगर आपने भी झूट बोला था कि मैं उदास नहीं हूँ और मुझे कोई रोग नहीं है... किसी के दिल का हाल जानना आसान बात नहीं है, आपकी उदासी की और बहुत सी वजहें हो सकती हैं। मगर जब तक मुझे आप ख़ुद न बताएं, मैं किसी नतीजे पर कैसे पहुंच सकता हूँ... इसमें कोई शक नहीं कि आप वाक़ई रोज़ बरोज़ कमज़ोर होते जा रहे हैं। आपको यक़ीनन बहुत बड़ा सदमा पहुंचा है और... और... मुझे आपसे हमदर्दी है।"

"हमदर्दी..." उसकी आँखों में आँसू आ गए। "मुझे किसी की हमदर्दी की ज़रूरत नहीं इसलिए कि हमदर्दी उसे वापस नहीं ला सकती... उस औरत को मौत की गहराईयों से निकाल कर मेरे हवाले नहीं कर सकती जिससे मुझे प्यार था... आपने मुहब्बत नहीं की... मुझे यक़ीन है, आपने मुहब्बत नहीं की, इसलिए कि उसकी नाकामी ने आप पर कोई दाग़ नहीं छोड़ा... मेरी तरफ देखिए," ये कह कर उसने ख़ुद अपने आप को देखा।

"कोई जगह आपको ऐसी नहीं मिलेगी। जहां मेरी मुहब्बत के नक़्श मौजूद न हों... मेरा वजूद ख़ुद इस मुहब्बत की टूटी हुई इमारत का मलबा है... मैं आपको ये दास्तान कैसे सुनाऊं और क्यों सुनाऊं जबकि आप उसे समझ ही नहीं सकेंगे... किसी का ये कह देना कि मेरी माँ मर गई है। आपके दिल पर वो असर पैदा नहीं कर सकता जो मौत ने बेटे पर किया था... मेरी दास्तान-ए-मुहब्बत आपको... किसी को भी बिल्कुल मामूली मालूम होगी। मगर मुझ पर जो असर हुआ है, उससे कोई भी आगाह नहीं हो सकता। इसलिए कि मुहब्बत मैंने की है और सब कुछ सिर्फ़ मुझी पर गुज़रा है।"

ये कह कर वो ख़ामोश हो गया। उसके हलक़ में तल्ख़ी पैदा हो गई थी क्योंकि वो बार-बार थूक निगलने की कोशिश कर रहा था।

"क्या वो आपको धोका दे गई?" मैंने उससे पूछा, "या कुछ और हालात थे?"

"धोका... वो धोका दे ही नहीं सकती थी। ख़ुदा के लिए धोका न कहिए। वो औरत नहीं फ़रिश्ता थी। मगर बुरा हो उस मौत का जो हमें ख़ुश न देख सकी और उसे हमेशा के लिए अपने परों में समेट कर ले गई... आह! आपने मेरे दिल पर ख़राशें पैदा कर दी हैं।"

सुनिए... "सुनिए, मैं आपको दर्दनाक दास्तान का कुछ हिस्सा सुनाता हूँ... वो एक बड़े और अमीर घराने की लड़की थी जिस ज़माने में उसकी और मेरी पहली मुलाक़ात हुई। मैं अपने बाप-दादा की सारी जायदाद अय्याशियों में बर्बाद कर चुका था। मेरे पास एक कौड़ी भी नहीं थी। फिर बंबई छोड़कर मैं लखनऊ चला आया। अपनी मोटर चूँकि मेरे पास

हुआ करती थी। इसलिए मैं सिर्फ़ मोटर चलाने का काम जानता था। चुनांचे मैंने उसी को अपना पेशा क़रार देने का फ़ैसला किया। पहली मुलाज़मत मुझे डिप्टी साहब के यहां मिली। जिनकी इकलौती लड़की थी..." ये कहते कहते वो अपने ख़यालात में खो गया और दफ़अतन ख़ामोश रहा। मैं भी चुप हो गया।

थोड़ी देर बाद वो फिर चौंका और कहने लगा, "मैं क्या कह रहा था?"

"आप डिप्टी साहब के यहां मुलाज़िम हो गए।"

"हाँ वो उन्ही डिप्टी साहब की इकलौती लड़की थी हर रोज़ सुबह नौ बजे मैं ज़ुहरा को मोटर में स्कूल ले जाया करता था। वो पर्दा करती थी मगर मोटर ड्राईवर से कोई कब तक छुप सकता है। मैंने उसे दूसरे रोज़ ही देख लिया... वो सिर्फ़ ख़ूबसूरत ही नहीं थी। उसमें एक ख़ास बात भी थी... बड़ी संजीदा और मतीन लड़की थी। उसकी सीधी मांग ने उसके चेहरे पर एक ख़ास क़िस्म का वक़ार पैदा कर दिया था... वो... मैं क्या अर्ज़ करूं वो क्या थी। मेरे पास अल्फ़ाज़ नहीं हैं कि मैं उसकी सूरत और सीरत बयान कर सकूं..."

बहुत देर तक वो अपनी जुहरा की खूबियां बयान करता रहा। इस दौरान में उसने कई मर्तबा उसकी तस्वीर खींचने की कोशिश की। मगर नाकाम रहा। ऐसा मालूम होता था कि ख़यालात उसके दिमाग में ज़रूरत से ज़्यादा जमा हो गए हैं।

कभी कभी बात करते करते उसका चेहरा तमतमा उठता। लेकिन फिर उदासी छा जाती और वो आहों में गुफ़्तुगू करना शुरू कर देता। वो अपनी दास्तान बहुत आहिस्ता आहिस्ता सुना रहा था। जैसे ख़ुद भी मज़ा ले रहा हो। एक एक टुकड़ा जोड़ कर उसने सारी कहानी पूरी की जिसका माहस्ल ये था।

जुहरा से उसे बेपनाह मुहब्बत हो गई। कुछ दिन तो मौक़ा पा कर उसका दीदार करने और तरह तरह के मंसूबे बांधने में गुज़र गए। मगर जब उसने संजीदगी से उस मुहब्बत पर ग़ौर किया तो ख़ुद को जुहरा से बहुत दूर पाया। एक मोटर ड्राईवर अपने आक़ा की लड़की से मुहब्बत कैसे कर सकता है? चुनांचे जब इस तल्ख़ हक़ीक़त का एहसास उसके दिल में पैदा हुआ तो वो मग़मूम रहने लगा। लेकिन एक दिन उसने बड़ी जुरअत से काम लिया, काग़ज़ के एक पुरज़े पर उसने जुहरा को चंद सतरें लिखीं... ये सतरें मुझे याद हैं।

"जुहरा! मैं अच्छी तरह जानता हूँ कि तुम्हारा नौकर हूँ! तुम्हारे वालिद साहब मुझे तीस रुपये माहवार देते हैं। मगर मैं तुम से मुहब्बत करता हूँ... मैं क्या करूं, क्या न करूं, मेरी समझ में नहीं आता..."

ये सतरें काग़ज़ पर लिख कर उसने काग़ज़ उसकी किताब में रख दिया। दूसरे रोज़ जब वो उसे मोटर में स्कूल ले गया तो उसके हाथ काँप रहे थे। हैंडल कई बार उसकी

गिरफ्त से निकल निकल गया। मगर ख़ुदा का शुक्र है कि कोई एक्सीडेंट न हुआ। उस रोज़ उसकी कैफ़ियत अजीब रही। शाम को जब वो जुहरा को स्कूल से वापस ला रहा था तो रास्ते में उस लड़की ने मोटर रोकने के लिए कहा।

उसने जब मोटर रोक ली तो जुहरा ने निहायत संजीदगी के साथ कहा, "देखो नईम आइन्दा तुम ऐसी हरकत कभी न करना। मैंने अभी तक अब्बा जी से तुम्हारे इस ख़त का ज़िक्र नहीं किया जो तुम ने मेरे किताब में रख दिया था। लेकिन अगर फिर तुम ने ऐसी हरकत की तो मजबूरन उनसे शिकायत करना पड़ेगी। समझे... चलो अब मोटर चलाओ।"

उस गुफ़्तुगू के बाद उसने बहुत कोशिश की कि डिप्टी साहब की नौकरी छोड़ दे और जुहरा की मुहब्बत को अपने दिल से हमेशा के लिए मिटा दे, मगर वो कामयाब न हो सका। एक महीना इसी कश्मकश में गुज़र गया। एक रोज़ उसने फिर जुरअत से काम लेकर ख़त लिखा और जुहरा की एक किताब में रख कर अपनी क़िस्मत के फ़ैसले का इंतिज़ार करने लगा।

उसे यक़ीन था कि दूसरे रोज़ सुबह को उसे नौकरी से बरतरफ कर दिया जाएगा। मगर ऐसा न हुआ। शाम को स्कूल से वापस आते हुए जुहरा उससे हमकलाम हुई। एक बार फिर उसको ऐसी हरकतों से बाज़ रहने के लिए कहा। अगर तुम्हें अपनी इज़्ज़त का ख़याल नहीं तो कम अज़ कम मेरी इज़्ज़त का तो कुछ ख़याल तुम्हें होना चाहिए।

ये उसने एक बार फिर उसे कुछ संजीदगी और मतानत से कहा कि नईम की सारी उम्मीदें फ़ना हो गईं और उसने क़सद कर लिया कि वो नौकरी छोड़ देगा और लखनऊ से हमेशा के लिए चला जाएगा। महीने के अख़ीर में नौकरी छोड़ने से पहले उसने अपनी कोठड़ी में लालटेन की मद्धम रोशनी में जुहरा को आख़िरी ख़त लिखा।

उसमें उसने निहायत दर्द भरे लहजे में उससे कहा, "जुहरा! मैंने बहुत कोशिश की कि मैं तुम्हारे कहे पर अमल कर सकूं मगर दिल पर मेरा इख़्तियार नहीं है। ये मेरा आख़िरी ख़त है। कल शाम को मैं लखनऊ छोड़ दूंगा। इसलिए तुम्हें अपने वालिद साहब से कुछ कहने की ज़रूरत नहीं। तुम्हारी ख़ामोशी मेरी क़िस्मत का फ़ैसला कर देगी। मगर ये ख़याल न करना कि तुम से दूर रह कर तुम से मुहब्बत नहीं करूंगा। मैं जहां कहीं भी रहूँगा। मेरा दिल तुम्हारे क़दमों में होगा... मैं हमेशा उन दिनों को याद करता रहूँगा, जब मैं मोटर आहिस्ता आहिस्ता चलाता था कि तुम्हें धक्का न लगे... मैं इसके सिवा और तुम्हारे लिए कर ही क्या सकता था..."

ये ख़त भी उसने मौक़ा पाकर उस किताब में रख दिया। सुबह को जुहरा ने स्कूल जाते हुए उससे कोई बात न की और शाम को भी रास्ते में उसने कुछ न कहा। चुनांचे वो

बिल्कुल ना-उम्मीद हो कर अपनी कोठड़ी में चला आया। जो थोड़ा बहुत अस्बाब उसके पास था बांध कर उसने एक तरफ रख दिया और लालटेन की अंधी रोशनी में चारपाई पर बैठ कर सोचने लगा कि ज़ुहरा और उसके दरमियान कितना बड़ा फ़ासला है।

वो बेहद मग़्मूम था। अपनी पोज़ीशन से अच्छी तरह वाक़िफ़ था। उसे इस बात का एहसास था कि वो एक अदना दर्जे का मुलाज़िम है और अपने आक़ा की लड़की से मुहब्बत करने का कोई हक़ नहीं रखता। लेकिन इसके बावजूद कभी कभी बेइख़्तियार उससे मुहब्बत करता है तो इसमें उसका क्या क़सूर है और फिर उसकी मुहब्बत फ़रेब तो नहीं।

वो इसी उधेड़ बुन में था कि आधी रात के क़रीब उसकी कोठड़ी के दरवाज़े पर दस्तक हुई। उसका दिल धक से रह गया। लेकिन फिर उसने ख़याल किया कि माली होगा, मुम्किन है उसके घर में कोई एका एकी बीमार पड़ गया हो और वो उससे मदद लेने के लिए आया हो। लेकिन जब उसने दरवाज़ा खोला तो ज़ुहरा सामने खड़ी थी... जी हाँ ज़ुहरा... दिसंबर की सर्दी में शाल के बग़ैर वो उसके सामने खड़ी थी।

उसकी ज़बान गुंग हो गई। उसकी समझ में नहीं आता था क्या कहे, चंद लम्हात क़ब्र की सी ख़ामोशी में गुज़र गए। आख़िर ज़ुहरा के होंट बाए हुए और थरथराते हुए लहजे में उसने कहा, "नईम मैं तुम्हारे पास आ गई हूँ। बताओ अब तुम क्या चाहते हो... लेकिन इससे पहले कि तुम्हारी इस कोठड़ी में दाख़िल हूँ। मैं तुम से चंद सवाल करना चाहती हूँ।"

नईम ख़ामोश रहा लेकिन ज़ुहरा उससे पूछने लगी, "क्या वाक़ई तुम मुझसे मुहब्बत करते हो?"

नईम को जैसे ठेस सी लगी। उसका चेहरा तमतमा उठा, "ज़ुहरा तुमने ऐसा सवाल किया है जिसका जवाब अगर मैं दूं तो मेरी मुहब्बत की तौहीन होगी... मैं तुम से पूछता हूँ, क्या मैं मुहब्बत नहीं करता?"

ज़ुहरा ने इस सवाल का जवाब न दिया और थोड़ी देर ख़ामोश रह कर अपना दूसरा सवाल, "मेरे बाप के पास दौलत है, मगर मेरे पास एक फूटी कौड़ी भी नहीं, जो कुछ मेरा कहा जाता है, मेरा नहीं है, उनका है। क्या तुम मुझे दौलत के बग़ैर भी वैसा ही अज़ीज़ समझोगे?"

नईम बहुत जज़्बाती आदमी था। चुनांचे उस सवाल ने भी उसके वक़ार को ज़ख़्मी किया, बड़े दुख भरे लहजे में उसने ज़ुहरा से कहा, "ज़ुहरा ख़ुदा के लिए मुझसे ऐसी बातें न पूछो जिनका जवाब इस क़दर आम हो चुका है कि तुम्हें थर्ड क्लास इश्क़िया नाविलों में भी मिल सकता है।"

ज़ुहरा उसकी कोठड़ी में दाख़िल हो गई और उसकी चारपाई पर बैठ कर कहने लगी, “मैं तुम्हारी हूँ और हमेशा तुम्हारी रहूंगी।”

ज़ुहरा ने अपना क़ौल पूरा किया, जब दोनों लखनऊ छोड़कर दिल्ली चले आए और शादी करके एक छोटे से मकान में रहने लगे तो डिप्टी साहब ढूंढते-ढूंढते वहां पहुंच गए। नईम को नौकरी मिल गई थी। इसलिए वो घर में नहीं था। डिप्टी साहब ने ज़ुहरा को बहुत बुरा भला कहा। उनकी सारी इज़्ज़त ख़ाक में मिल गई थी।

वो चाहते थे कि ज़ुहरा नईम को छोड़ दे और जो कुछ हो चुका है उसे भूल जाये। वो नईम को दो-तीन हज़ार रुपया देने के लिए भी तैयार थे। मगर उन्हें नाकाम लौटना पड़ा। इसलिए कि ज़ुहरा नईम को किसी क़ीमत पर भी छोड़ने के लिए तैयार न हुई। उसने अपने बाप से कहा, “अब्बा जी! मैं नईम के साथ बहुत ख़ुश हूँ। आप इससे अच्छा शौहर मेरे लिए कभी तलाश नहीं कर सकते। मैं और वो आप से कुछ नहीं मांगते। अगर आप हमें दुआएं दे सकें तो हम आप के मम्नून होंगे।”

डिप्टी साहब ने जब ये गुफ़्तुगू सुनी तो बहुत ख़श्म-आलूद हुए। उन्होंने नईम को क़ैद करा देने की धमकी भी दी मगर ज़ुहरा ने साफ़ साफ़ कह दिया, “अब्बा जी! इसमें नईम का क्या क़ुसूर है। सच तो ये है कि हम दोनों बेकसूर हैं। अलबत्ता हम एक दूसरे से मुहब्बत ज़रूर करते हैं और वो मेरा शौहर है... ये कोई कसूर नहीं है, मैं नाबालिग़ नहीं हूँ।”

डिप्टी साहब अक़्लमंद थे, फ़ौरन समझ गए कि जब उनकी बेटी ही रज़ामंद है तो नईम पर कैसे जुर्म आइद हो सकता है। चुनांचे वो ज़ुहरा को हमेशा के लिए छोड़कर चले गए। कुछ अर्से के बाद डिप्टी साहब ने मुख़्तलिफ़ लोगों के ज़रिये से नईम पर दबाव डालने और उसको रुपये-पैसे से लालच देने की कोशिश की मगर नाकाम रहे।

दोनों की ज़िंदगी बड़े मज़े में गुज़र रही थी। गो नईम की आमदन बहुत ही कम थी और ज़ुहरा को जो नाज़ो नअम में पली थी। बदन पर खुरदरे कपड़े पहनने पड़ते थे और अपने हाथ से सब काम करने पड़ते थे। मगर वो ख़ुश थी और ख़ुद को एक नई दुनिया में पाती थी। वो बहुत सुखी थी... बहुत सुखी। नईम भी बहुत ख़ुश था। लेकिन एक रोज़ ख़ुदा का करना ऐसा हुआ कि ज़ुहरा के सीने में मुज़ी दर्द उठा और पेशतर इसके कि नईम उसके लिए कुछ कर सके वो इस दुनिया से रुख़्सत हो गई और नईम की दुनिया हमेशा के लिए तारीक हो गई।

ये दास्तान उसने रुक-रुक कर और ख़ुद मज़े ले लेकर क़रीबन चार घंटों में सुनाई। जब वो अपना हाल-ए-दिल सुना चुका तो उसका चेहरा बजाय ज़र्द होने के तमतमा उठा

जैसे उसके अंदर आहिस्ता आहिस्ता किसी ने ख़ून दाख़िल कर दिया है। लेकिन उसकी आँखों में आँसू थे और उसका हलक़ सूख गया था।

दास्तान जब ख़त्म हुई तो वो फ़ौरन उठ खड़ा हुआ, जैसे उसे बहुत जल्दी है और कहने लगा, “मैंने बहुत ग़लती की... जो आपको अपनी दास्तान-ए-महोब्बत सुना दी... मैंने बहुत ग़लती की... ज़ुहरा का ज़िक्र सिर्फ़ मुझी तक महदूद रहना चाहिए था... लेकिन... उसकी आवाज़ भर्रा गई... मैं ज़िंदा हूँ और वो... वो...” इससे आगे वो कुछ न कह सका और जल्दी से मेरा हाथ दबा कर कमरे से बाहर चला गया।

नईम से फिर मेरी मुलाक़ात न हुई। अपोलोबंदर पर कई मर्तबा उसकी तलाश में गया, मगर वो न मिला। छः या सात महीने के बाद उसका एक ख़त मुझे मिला, जो मैं यहां पर नक़्ल कर रहा हूँ...

साहिब! आपको याद होगा। मैंने आपके मकान पर अपनी दास्तान-ए-मुहब्बत सुनाई थी। वो महज़ फ़साना था। एक झूटा फ़साना कोई ज़ुहरा है न नईम... मैं वैसे मौजूद तो हूँ मगर वो नईम नहीं हूँ जिसने ज़ुहरा से मुहब्बत की थी। आपने एक बार कहा था कि बा'ज़ लोग ऐसे भी होते हैं जो मुहब्बत के मुआमले में बांझ होते हैं। मैं भी उन बदक़िस्मत आदमियों में से एक हूँ जिसकी सारी जवानी अपना दिल पर्चाने में गुज़र गई।

ज़ुहरा से नईम की मुहब्बत एक दिली बहलावा था और ज़ुहरा की मौत... मैं अभी तक नहीं समझ सका कि मैंने उसे क्यों मार दिया। बहुत मुम्किन है कि इसमें भी मेरी ज़िंदगी की स्याही का दख़ल हो।

मुझे मालूम नहीं। आपने मेरे अफ़साने को झूठा समझा या सच्चा लेकिन मैं आपको एक अजीब-ओ-ग़रीब बात बताता हूँ कि मैंने यानी इस झूठे अफ़साने के ख़ालिक़ ने इसको बिल्कुल सच्चा समझा, सौ फीसदी हक़ीक़त पर मब्नी। मुझे ऐसा महसूस हुआ कि मैंने वाक़ई ज़ुहरा से मुहब्बत की है और वो सचमुच मर चुकी है। आपको ये सुन कर और भी ताज्जुब होगा कि जैसे-जैसे वक़्त गुज़रता गया, उस अफ़साने के अंदर हक़ीक़त का उंसुर ज़्यादा होता गया और ज़ुहरा की आवाज़, उसकी हंसी भी मेरे कानों में गूंजने लगी। मैं उसके सांस की गर्मी तक महसूस करने लगा। अफ़साने का हर ज़र्रा जानदार हो गया और मैंने... और मैंने यूं अपनी क़ब्र अपने हाथों से खोदी।

ज़ुहरा फ़साना न सही मगर मैं तो फ़साना हूँ। वो मर चुकी है। इसलिए मुझे भी मर जाना चाहिए। ये ख़त आपको मेरी मौत के बाद मिलेगा... अलविदा... ज़ुहरा मुझे ज़रूर मिलेगी... कहाँ! ये मुझे मालूम नहीं।

मैंने ये चंद सुतूर सिर्फ़ इसलिए आपको लिख दिए हैं कि आप अफ़सानानिगार हैं अगर इससे आप अफ़साना तैयार कर लें तो आपको सात-आठ रुपये मिल जाऐंगे क्योंकि एक मर्तबा आपने कहा था कि अफ़साने का मुआवज़ा आपको सात से दस रुपये तक मिल जाया करता है। ये मेरा तोहफ़ा होगा। अच्छा अलविदा।

आपका मुलाक़ाती, "नईम"

नईम ने अपने लिए जुहरा बनाई और मर गया... मैंने अपने लिए ये अफ़साना तख़्लीक़ किया है और ज़िंदा हूँ... ये मेरी ज़्यादती है।

□□□

12
नंगी आवाज़ें

भोलू और गामा दो भाई थे, बेहद मेहनती। भोलू क़लईगर था। सुबह धौंकनी सर पर रख कर निकलता और दिन भर शहर की गलियों में "भाँडे क़लई करा लो" की सदाएं लगाता रहता। शाम को घर लौटता तो उसके तहबंद के डब में तीन चार रुपये का किरयाना ज़रूर होता।

गामा ख़्वांचा फ़रोश था। उसको भी दिन भर छाबड़ी सर पर उठाए घूमना पड़ता था। तीन-चार रुपये ये भी कमा लेता था। मगर उसको शराब की लत थी। शाम को दीने के भटियारख़ाने से ख़ाना खाने से पहले एक पाव शराब उसे ज़रूर चाहिए थी। पीने के बाद वो ख़ूब चहकता। दीने के भटियारख़ाने में रौनक़ लग जाती। सबको मालूम था कि वो पीता है और उसी के सहारे जीता है।

भोलू ने गामा से जो कि उससे दो साल बड़ा था बहुत समझाया कि देखो ये शराब की लत बहुत बुरी है। शादीशुदा हो, बेकार पैसा बर्बाद करते हो। यही जो तुम हर रोज़ एक पाव शराब पर ख़र्च करते हो बचा कर रखो तो भाभी ठाट से रहा करे। नंगी बुच्ची अच्छी लगती है तुम्हें अपनी घर वाली। गामा ने इस कान सुना, उस कान से निकाल दिया। भोलू जब थक हार गया तो उसने कहना-सुनना ही छोड़ दिया।

दोनों मुहाजिर थे। एक बड़ी बिल्डिंग के साथ सर्वेंट क्वार्टर थे। उन पर जहां औरों ने क़ब्ज़ा जमा रखा था, वहां उन दोनों भाईयों ने भी एक क्वार्टर को जो कि दूसरी मंज़िल पर था अपनी रिहाइश के लिए महफ़ूज़ कर लिया था।

सर्दियां आराम से गुज़र गईं। गर्मियां आईं तो गामा को बहुत तकलीफ़ हुई। भोलू तो ऊपर कोठे पर खाट बिछा कर सो जाता था, गामा क्या करता। बीवी थी और ऊपर पर्दे का कोई बंदोबस्त ही नहीं था। एक गामा ही को ये तकलीफ़ नहीं थी। क्वार्टरों में जो भी शादीशुदा था इसी मुसीबत में गिरफ़्तार था।

कल्लन को एक बात सूझी। उसने कोठे पर कोने में अपनी और अपनी बीवी की चारपाई के इर्द-गिर्द टाट तान दिया। इस तरह पर्दे का इंतिज़ाम हो गया। कल्लन की देखा देखी दूसरों ने भी इस तरकीब से काम लिया। भोलू ने भाई की मदद की और चंद दिनों ही

में बांस वग़ैरा गाड़ कर टाट और कम्बल जोड़ कर पर्दे का इंतिज़ाम कर दिया। यूं हवा तो रुक जाती थी मगर नीचे क्वार्टर के दोज़ख़ से हर हालत में ये जगह बेहतर थी।

ऊपर कोठे पर सोने से भोलू की तबीयत में एक अजीब इन्क़लाब हो गया। वो शादी-ब्याह का बिल्कुल क़ायल नहीं था। उसने दिल में अह्द कर रखा था कि ये जंजाल कभी नहीं पालेगा। जब गामा कभी उसके ब्याह की बात छेड़ता तो वो कहा करता, "न भाई, मैं अपने निरूए पिंडे पर जोंकें नहीं लगवाना चाहता।" लेकिन जब गर्मियां आईं और उसने ऊपर खाट बिछा कर सोना शुरू किया तो दस-पंद्रह दिन ही में उसके ख़यालात बदल गए।

एक शाम को दीने के भटियारख़ाने में उसने अपने भाई से कहा, "मेरी शादी कर दो, नहीं तो मैं पागल हो जाऊंगा"।

गामा ने जब ये सुना तो उसने कहा, "ये क्या मज़ाक़ सूझा है तुम्हें।"

भोलू बहुत संजीदा हो गया, "तुम्हें नहीं मालूम... पंद्रह रातें हो गई हैं मुझे जागते हुए।"

गामा ने पूछा, "क्यों क्या हुआ?"

"कुछ नहीं यार... दाएं-बाएं जिधर नज़र डालो कुछ न कुछ हो रहा होता है... अजीब-अजीब आवाज़ें आती हैं। नींद क्या आएगी ख़ाक!"

गामा ज़ोर से अपनी घनी मूंछों में हँसा, भोलू शर्मा गया, "वो जो कल्लन है, उसने तो हद ही कर दी है... साला रात भर बकवास करता रहता है। उसकी बीवी साली की ज़बान भी तालू से नहीं लगती... बच्चे पड़े रो रहे हैं मगर वो..."

गामा हस्ब-ए-मामूल नशे में था। भोलू गया तो उसने दीने के भटियारख़ाने में अपने सब वाक़िफ़ कारों को ख़ूब चहक चहक कर बताया कि उसके भाई को आजकल नींद नहीं आती। इसका बाइस जब उसने अपने मख़सूस अंदाज़ में बयान किया तो सुनने वालों के पेट में हंस हंस कर बल पड़ गए।

जब ये लोग भोलू से मिले तो उसका ख़ूब मज़ाक़ उड़ाया। कोई उससे पूछता, "हाँ भई, कल्लन अपनी बीवी से क्या बातें करता है।" कोई कहता, "मियां, मुफ़्त में मज़े लेते हो... सारी रात फिल्में देखते रहते हो... सौ फ़ीसदी गाती-बोलती।"

बाज़ों ने गंदे गंदे मज़ाक़ किए। भोलू चिड़ गया। गामा सूफ़ी हालत में था तो उसने उससे कहा, "तुम ने तो यार मेरा मज़ाक़ बना दिया है... देखो जो कुछ मैंने तुमसे कहा है, झूट नहीं। मैं इंसान हूँ। ख़ुदा की क़सम मुझे नींद नहीं आती। आज बीस दिन हो गए हैं जागते हुए... तुम मेरी शादी का बंदोबस्त कर दो, वर्ना क़सम पंजतन पाक की, मेरा ख़ाना ख़राब हो जाएगा... भाभी के पास मेरा पांसौ रुपया जमा है... जल्दी कर दो बंदोबस्त!"

गामा ने मोंछ मरोड़ कर पहले कुछ सोचा फिर कहा, “अच्छा हो जाएगा बंदोबस्त। तुम्हारी भाभी से आज ही बात करता हूँ कि वो अपनी मिलने वालियों से पूछगछ करे।”

डेढ़ महीने के अंदर अंदर बात पक्की हो गई। समद क़लईगर की लड़की आयशा गामा की बीवी को बहुत पसंद आई। ख़ूबसूरत थी, घर का काम काज जानती थी। वैसे समद भी शरीफ़ था, मुहल्ले वाले उसकी इज़्ज़त करते थे। भोलू मेहनती था, तंदुरुस्त था। जून के वस्त में शादी की तारीख़ मुक़र्रर हो गई। समद ने बहुत कहा कि वो लड़की इतनी गर्मियों में नहीं ब्याहेगा मगर भोलू ने जब ज़ोर दिया तो वो मान गया।

शादी से चार दिन पहले भोलू ने अपनी दुल्हन के लिए ऊपर कोठे पर टाट के पर्दे का बंदोबस्त किया। बांस बड़ी मज़बूती से फ़र्श में गाड़े। टाट ख़ूब कर कस कर लगाया। चारपाइयों पर नए खेस बिछाए। नई सुराही मुंडेर पर रखी। शीशे का गिलास बाज़ार से ख़रीदा। सब काम उसने बड़े एहतिमाम से किए।

रात को जब वो टाट के पर्दे में घिर कर सोया तो उसको अजीब सा लगा। वो खुली हवा में सोने का आदी था मगर अब उसको आदत डालनी थी। यही वजह है कि शादी से चार दिन पहले ही उसने यूं सोना शुरू कर दिया।

पहली रात जब वो लेटा और उसने अपनी बीवी के बारे में सोचा तो वो पसीने में तर-ब-तर हो गया। उसके कानों में वो आवाज़ें गूंजने लगीं जो उसे सोने नहीं देती थीं और उसके दिमाग में तरह तरह के परेशान ख़यालात दौड़ाती थीं।

क्या वो भी ऐसी ही आवाज़ें पैदा करेगा? क्या आस पास के लोग ये आवाज़ें सुनेंगे। क्या वो भी उसी के मानिंद रातें जाग जाग कर काटेंगे। किसी ने अगर झांक कर देख लिया तो क्या होगा?

भोलू पहले से भी ज़्यादा परेशान हो गया। हर वक़्त उसको यही बात सताती रहती कि टाट का पर्दा भी कोई पर्दा है, फिर चारों तरफ लोग बिखरे पड़े हैं। रात की ख़ामोशी में हल्की सी सरगोशी भी दूसरे कानों तक पहुंच जाती है... लोग कैसे ये नंगी ज़िंदगी बसर करते हैं... एक कोठा है। इस चारपाई पर बीवी लेटी है, उस चारपाई पर ख़ाविंद पड़ा है। सैंकड़ों आँखें, सैंकड़ों कान आस पास खुले हैं। नज़र न आने पर भी आदमी सब कुछ देख लेता है।

हल्की सी आहट पूरी तस्वीर बन कर सामने आ जाती है... ये टाट का पर्दा क्या है। सूरज निकलता है तो उसकी रोशनी सारी चीज़ें बेनक़ाब कर देती है। वो सामने कल्लन अपनी बीवी की छातियां दबा रहा है। वो कोने में उसका भाई गामा लेटा है, तहबंद खुल कर

एक तरफ पड़ा है। इधर ईदू हलवाई की कुंवारी बेटी शादां का पेट छिदरे टाट से झांक-झांक कर देख रहा है।

शादी का दिन आया तो भोलू का जी चाहा कि वो कहीं भाग जाये मगर कहाँ जाता। अब तो वो जकड़ा जा चुका था। ग़ायब हो जाता तो समद ज़रूर ख़ुदकुशी कर लेता। उसकी लड़की पर जाने क्या गुज़रती, जो तूफ़ान मचता वो अलग।

"अच्छा जो होता है होने दो… मेरे साथी और भी तो हैं।" आहिस्ता आहिस्ता आदत हो जाएगी। मुझे भी… भोलू ने ख़ुद को ढाढ़स दी और अपनी नई नवेली दुल्हन की डोली घर ले आया।

क्वार्टरों में चहल पहल पैदा हो गई। लोगों ने भोलू और गामा को ख़ूब मुबारकबादें दीं। भोलू के जो ख़ास दोस्त थे, उन्होंने उसको छेड़ा और पहली रात के लिए कई कामयाब गुर बताए। भोलू ख़ामोशी से सुनता रहा। उसकी भाभी ने ऊपर कोठे पर टाट के पर्दों के नीचे बिस्तर का बंदोबस्त कर दिया। गामा ने चार मोतिए के बड़े बड़े हार तकिए के पास रख दिए। एक दोस्त उसके लिए जलेबियों वाला दूध ले आया।

देर तक वो नीचे क्वार्टर में अपनी दुल्हन के पास बैठा रहा। वो बेचारी शर्म की मारी सर न्यौढ़ाये, घूंघट काढ़े सिमटी हुई थी। सख़्त गर्मी थी। भोलू का नया कुर्ता उसके जिस्म के साथ चिपका हुआ था। पंखा झल रहा था मगर हवा जैसे बिल्कुल ग़ायब ही हो गई थी।

भोलू ने पहले सोचा था कि वो ऊपर कोठे पर नहीं जाएगा। नीचे क्वार्टर ही में रात काटेगा। मगर जब गर्मी इंतिहा को पहुँच गई तो वो उठा और दूल्हन से चलने को कहा।

रात आधी से ज़्यादा गुज़र चुकी थी। तमाम क्वार्टर ख़ामोशी में लिपटे हुए थे। भोलू को इस बात की तस्कीन थी कि सब सो रहे होंगे, कोई उसको नहीं देखेगा। चुपचाप दबे क़दमों से वो अपने टाट के पर्दे के पीछे अपनी दूल्हन समेत दाख़िल हो जाएगा और सुबह मुँह अंधेरे नीचे उतर जाएगा।

जब वो कोठे पर पहुंचा तो बिल्कुल ख़ामोशी थी। दूल्हन ने शर्माए हुए क़दम उठाए तो पाज़ेब के नुक़रई घुंघरू बजने लगे। एक दम भोलू ने महसूस किया कि चारों तरफ जो नींद बिखरी हुई थी चौंक कर जाग पड़ी है। चारपाइयों पर लोग करवटें बदलने लगे, खांसने, खंकारने की आवाज़ें इधर-उधर उभरीं। दबी दबी सरगोशियां उस तपी हुई फिज़ा में तैरने लगीं।

भोलू ने घबरा कर अपनी बीवी का हाथ पकड़ा और तेज़ी से टाट की ओट में चला गया। दबी दबी हंसी की आवाज़ उसके कानों के साथ टकराई। उसकी घबराहट में इज़ाफ़ा हो गया। बीवी से बात की तो पास ही खुसर फुसर शुरू हो गई।

दूर कोने में जहां कल्लन की जगह थी, वहां चारपाई की चरचूं-चरचूं होने लगी। ये धीमी पड़ी तो गामा की लोहे की चारपाई बोलने लगी... ईदू हलवाई की कुंवारी लड़की शादां ने दो-तीन बार उठ कर पानी पिया। घड़े के साथ उसका गिलास टकराता तो एक छनाका सा पैदा होता। ख़ैरे कसाई के लड़के की चारपाई से बार बार माचिस जलाने की आवाज़ आती थी।

भोलू अपनी दुल्हन से कोई बात न कर सका। उसे डर था कि आस पास के खुले हुए कान फ़ौरन उस की बात निगल जाऐंगे। और सारी चारपाएं चरचूं-चरचूं करने लगेंगी। दम साधे वो ख़ामोश लेटा रहा। कभी कभी सहमी हुई निगाह से अपनी बीवी की तरफ देख लेता जो गठड़ी सी बनी दूसरी चारपाई पर लेटी थी। कुछ देर जागती रही, फिर सो गई।

भोलू ने चाहा कि वो भी सो जाए मगर उसको नींद न आई। थोड़े थोड़े वक़्फ़ों के बाद उसके कानों में आवाज़ें आती थीं... आवाज़ें जो फ़ौरन तस्वीर बन कर उसकी आँखों के सामने से गुज़र जाती थीं।

उसके दिल में बड़े वलवले थे, बड़ा जोश था। जब उसने शादी का इरादा किया था तो वो तमाम लज़्ज़तें जिनसे वो नाआश्ना था, उसके दिल-ओ-दिमाग में चक्कर लगाती रहती थीं। उसको गर्मी महसूस होती थी। बड़ी राहत-बख़्श गर्मी, मगर अब जैसे पहली रात से कोई दिलचस्पी ही नहीं थी।

उसने रात में कई बार ये दिलचस्पी पैदा करने की कोशिश की मगर आवाज़ें... वो तस्वीरें खींचने वाली आवाज़ें सब कुछ दरहम-बरहम कर देतीं। वो ख़ुद को नंगा महसूस करता। अलिफ़ नंगा जिसको चारों तरफ से लोग आँखें फाड़-फाड़ कर देख रहे हैं और हंस रहे हैं।

सुबह चार बजे के क़रीब वो उठा, बाहर निकल कर उसने ठंडे पानी का एक गिलास पिया। कुछ सोचा, वो झिजक जो उसके दिल में बैठ गई थी उसको किसी क़दर दूर किया। अब ठंडी हवा चल रही थी जो काफ़ी तेज़ थी... भोलू की निगाहें कोने की तरफ मुड़ीं। कल्लन का घिसा हुआ टाट हिल रहा था। वो अपनी बीवी के साथ बिल्कुल नंग धड़ंग लेटा था। भोलू को बड़ी घिन आई। साथ ही ग़ुस्सा भी आया कि हवा ऐसे कोठों पर क्यों चलती है, चलती है तो टाटों को क्यों छेड़ती है। उसके जी में आई कि कोठे पर जितने टाट हैं, सब नोच डाले और नंगा हो के नाचने लगे।

भोलू नीचे उतर गया। जब काम पर निकला तो कई दोस्त मिले। सबने उससे पहली रात की सरगुज़श्त पूछी। फ़ौजे दर्ज़ी ने उसको दूर ही से आवाज़ दी, "क्यों उस्ताद भोलू, कैसे रहे, कहीं हमारे नाम पर बट्टा तो नहीं लगा दिया तुमने।"

छागे टीन साज़ ने उससे बड़े राज़दाराना लहजे में कहा, "देखो अगर कोई गड़बड़ है तो बता दो। एक बड़ा अच्छा नुस्ख़ा मेरे पास मौजूद है।"

बाले ने उसके कांधे पर ज़ोर से धप्पा मारा, "क्यों पहलवान, कैसा रहा दंगल?"

भोलू ख़ामोश रहा।

सुबह उसकी बीवी मैके चली गई। पाँच-छ: रोज़ के बाद वापस आई तो भोलू को फिर उसी मुसीबत का सामना करना पड़ा। कोठे पर सोने वाले जैसे उसकी बीवी की आमद के मुंतज़िर थे। चंद रातें ख़ामोशी रही थी लेकिन जब वो ऊपर सोए तो वही खुसर-फुसर वही चरचूं-चरचूं, वही खाँसना खंकारना, वही घड़े के साथ गिलास के टकराने के छनाके... करवटों पर करवटें, दबी-दबी हंसी।

भोलू सारी रात अपनी चारपाई पर लेटा आसमान की तरफ देखता रहा। कभी कभी एक ठंडी आह भर कर अपनी दुल्हन को देख लेता और दिल में कुढ़ता, "मुझे क्या हो गया है... ये मुझे क्या हो गया है... ये मुझे क्या हो गया है।"

सात रातों तक यही होता रहा, आख़िर तंग आकर भोलू ने अपनी दुल्हन को मैके भेज दिया। बीस पचीस दिन गुज़र गए तो गामा ने भोलू से कहा, "यार तुम बड़े अजीब-ओ-ग़रीब आदमी हो, नई नई शादी और बीवी को मैके भेज दिया। इतने दिन हो गए हैं उसे गए हुए। तुम अकेले सोते कैसे हो।"

भोलू ने सिर्फ़ इतना कहा, "ठीक है?"

गामा ने पूछा, "ठीक क्या है... जो बात है बताओ। क्या तुम्हें पसंद नहीं आई आयशा?"

"ये बात नहीं है।"

"ये बात नहीं है तो और क्या है?"

भोलू बात गोल कर गया मगर थोड़े ही दिनों के बाद उसके भाई ने फिर बात छेड़ी। भोलू उठ कर क्वार्टर के बाहर चला गया। चारपाई पड़ी थी उस पर बैठ गया। अंदर से उसको अपनी भाभी की आवाज़ सुनाई दी। वो गामा से कह रही थी, "तुम जो कहते हो न कि भोलू को आयशा पसंद नहीं आई, ये ग़लत है।"

गामा की आवाज़ आई, "तो और क्या बात है... भोलू को उससे कोई दिलचस्पी ही नहीं।"

"दिलचस्पी क्या हो।"

"क्यों?"

गामा की बीवी का जवाब भोलू न सुन सका मगर इसके बावजूद उसको ऐसा महसूस हुआ कि उस की सारी हस्ती किसी ने हावन में डाल कर कूट दी है। एक दम गामा ऊंची आवाज़ में बोला, "नहीं नहीं... ये तुमसे किसने कहा?"

गामा की बीवी बोली, "आयशा ने अपनी किसी सहेली से ज़िक्र किया... बात उड़ती-उड़ती मुझ तक पहुंच गई।"

बड़ी सदमा ज़दा आवाज़ में गामा ने कहा, "ये तो बहुत बुरा हुआ!"

भोलू के दिल में छुरी सी पैवस्त हो गई। उसका दिमागी तवाजुन बिगड़ गया। उठा और कोठे पर चढ़ कर जितने टाट लगे थे उखेड़ने शुरू कर दिए। खटखट फटफट सुन कर लोग जमा होगए। उन्होंने उस को रोकने की कोशिश की तो वो लड़ने लगा, बात बढ़ गई। कल्लन ने बांस उठा कर उसके सर पर दे मारा। भोलू चकरा कर गिरा और बेहोश हो गया। जब होश आया तो उसका दिमाग चल चुका था।

अब वो अलिफ़ नंगा बाज़ारों में घूमता फिरता है कहीं टाट लटका देखता है तो उसको उतार कर टुकड़े टुकड़े कर देता है।

□□□

13
आर्टिस्ट लोग

जमीला को पहली बार महमूद ने बाग़-ए-जिन्ना में देखा। वो अपनी दो सहेलियों के साथ चहल क़दमी कर रही थी। सबने काले बुर्के पहने थे। मगर नक़ाबें उलटी हुई थीं। महमूद सोचने लगा। ये किस क़िस्म का पर्दा है कि बुर्क़ा ओढ़ा हुआ है, मगर चेहरा नंगा है। आख़िर इस पर्दे का मतलब क्या? महमूद जमीला के हुस्न से बहुत मुतास्सिर हुआ।

वो अपनी सहेलियों के साथ हंसती खेलती जा रही थी। महमूद उसके पीछे चलने लगा... उसको इस बात का क़तअन होश नहीं था कि वो एक ग़ैर अख़लाक़ी हरकत का मुर्तकिब हो रहा है। उसने सैंकड़ों मर्तबा जमीला को घूर घूर के देखा। इसके इलावा एक दो बार उसको अपनी आँखों से इशारे भी किए। मगर जमीला ने उसे दर-ख़ूर ऐतिना न समझा और अपनी सहेलियों के साथ बढ़ती चली गई।

उसकी सहेलियां भी काफ़ी ख़ूबसूरत थीं। मगर महमूद ने उसमें एक ऐसी कशिश पाई जो लोहे के साथ मक़्नातीस की होती है... वो उसके साथ चिमट कर रह गया।

एक जगह उसने जुर्रत से काम लेकर जमीला से कहा, "हुज़ूर अपना नक़ाब तो संभालिए, हवा में उड़ रहा है।"

जमीला ने ये सुन कर शोर मचाना शुरू कर दिया। इस पर पुलिस के दो सिपाही जो उस वक़्त बाग़ में ड्यूटी पर थे, दौड़ते आए और जमीला से पूछा, "बहन क्या बात है?"

जमीला ने महमूद की तरफ देखा जो सहमा खड़ा था और कहा, "ये लड़का मुझसे छेड़ख़ानी कर रहा था, जबसे मैं इस बाग़ में दाख़िल हुई हूँ, ये मेरा पीछा कर रहा है।"

सिपाहियों ने महमूद का सरसरी जायज़ा लिया और उसको गिरफ़्तार कर के हवालात में दाख़िल कर दिया... लेकिन उसकी ज़मानत हो गई।

अब मुक़द्दमा शुरू हुआ... उसकी रूएदाद में जाने की ज़रूरत नहीं। इसलिए कि ये तफ़्सील तलब है... क़िस्सा मुख़्तसर ये है कि महमूद का जुर्म साबित हो गया और उसे दो माह क़ैद बा-मुशक़्क़त की सज़ा मिल गई।

उसके वालिदैन नादार थे। इसलिए वो सेशन की अदालत में अपील न कर सके। महमूद सख़्त परेशान था कि आख़िर उसका क़ुसूर क्या है। उसको अगर एक लड़की पसंद आ गई थी और उसने उससे चंद बातें करना चाहीं तो ये क्या जुर्म है, जिसकी पादाश में वो दो माह क़ैद बा-मुशक़्क़त भुगत रहा है।

जेलख़ाने में वो कई मर्तबा बच्चों की तरह रोया... उसको मुसव्विरी का शौक़ था, लेकिन उससे वहां चक्की पिसवाई जाती थी।

अभी उसे जेल ख़ाने में आए बीस रोज़ ही हुए थे कि उसे बताया गया कि उसकी मुलाक़ात आई है... महमूद ने सोचा कि ये मुलाक़ाती कौन है? उसके वालिद तो उससे सख़्त नाराज़ थे। वालिदा अपाहिज थीं और कोई रिश्तेदार भी नहीं थे।

सिपाही उसे दरवाज़े के पास ले गया जो आहनी सलाखों का बना हुआ था। उन सलाखों के पीछे उसने देखा कि जमीला खड़ी है... वो बहुत हैरत-ज़दा हुआ। उसने समझा कि शायद किसी और को देखने आई होगी। मगर जमीला ने सलाखों के पास आकर उससे कहा, "मैं आपसे मिलने आई हूँ।"

महमूद की हैरत में और भी इज़ाफ़ा हो गया, "मुझसे..."

"जी हाँ... मैं माफ़ी मांगने आई हूँ कि मैंने जल्दबाज़ी की, जिसकी वजह से आपको यहां आना पड़ा।"

महमूद मुस्कराया, "हाय इस ज़ूद-ए-पशेमाँ का पशेमाँ होना।"

जमीला ने कहा, "ये ग़ालिब है?"

"जी हाँ, ग़ालिब के सिवा और कौन हो सकता है जो इंसान के जज़्बात की तर्जुमानी कर सके... मैंने आपको माफ़ कर दिया, लेकिन मैं यहां आपकी कोई ख़िदमत नहीं कर सकता। इसलिए कि ये मेरा घर नहीं है सरकार का है... इसके लिए मैं माफ़ी का ख़्वास्तगार हूँ।"

जमीला की आँखों में आँसू आ गए, "मैं आपकी ख़ादिमा हूँ।"

चंद मिनट उनके दरमियान और बातें हुईं, जो मुहब्बत के अहद-ओ-पैमान थीं... जमीला ने उसको साबुन की एक टिकिया दी, मिठाई भी पेश की। इसके बाद वो हर पंद्रह दिन के बाद महमूद से मुलाक़ात करने के लिए आती रही। इस दौरान में इन दोनों की मुहब्बत उस्तवार हो गई।

जमीला ने महमूद को एक रोज़ बताया, "मुझे मौसीक़ी सीखने का शौक़ है... आजकल मैं ख़ां साहब सलाम अली ख़ां से सबक़ ले रही हूँ।"

महमूद ने उससे कहा, "मुझे मुसव्विरी का शौक़ है, मुझे यहां जेलख़ाने में और कोई तकलीफ़ नहीं... मशक़्क़त से में घबराता नहीं। लेकिन मेरी तबीयत जिस फ़न की तरफ माएल है उसकी तस्कीन नहीं होती। यहां कोई रंग है न रोगन है। कोई काग़ज़ है न पैंसिल... बस चक्की पीसते रहो।"

जमीला की आँखें फिर आँसू बहाने लगीं, "बस अब थोड़े ही दिन बाक़ी रह गए हैं। आप बाहर आएं तो सब कुछ हो जाएगा।"

महमूद दो माह की क़ैद काटने के बाद बाहर आया तो जमीला दरवाज़े पर मौजूद थी... उस काले बुर्के में जो अब भूसला हो गया था और जगह जगह से फटा हुआ था।

दोनों आर्टिस्ट थे। इसलिए उन्होंने फ़ैसला किया कि शादी कर लें... चुनांचे शादी हो गई। जमीला के माँ-बाप कुछ असासा छोड़ गए थे, उससे उन्होंने एक छोटा सा मकान बनाया और पुर मसर्रत ज़िंदगी बसर करने लगे।

महमूद एक आर्ट स्टूडियो में जाने लगा ताकि अपनी मुसव्विरी का शौक़ पूरा करे... जमीला ख़ां साहब सलाम अली ख़ां से फिर तालीम हासिल करने लगी।

एक बरस तक वो दोनों तालीम हासिल करते रहे। महमूद मुसव्विरी सीखता रहा और जमीला मौसीक़ी। उसके बाद सारा असासा ख़त्म हो गया और नौबत फ़ाक़ों पर आ गई। लेकिन दोनों आर्ट शैदाई थे। वो समझते थे कि फ़ाक़े करने वाले ही सही तौर पर अपने आर्ट की मेराज तक पहुंच सकते हैं। इसलिए वो अपनी इस मुफ़लिसी के ज़माने में भी ख़ुश थे।

एक दिन जमीला ने अपने शौहर को ये मुज़्दा सुनाया कि उसे एक अमीर घराने में मौसीक़ी सिखाने की ट्युशन मिल रही है। महमूद ने ये सुन कर उससे कहा, "नहीं ट्युशन-व्युशन बकवास है... हम लोग आर्टिस्ट हैं।"

उसकी बीवी ने बड़े प्यार के साथ कहा, "लेकिन मेरी जान गुज़ारा कैसे होगा?"

महमूद ने अपने फूसड़े निकले हुए कोट का कालर बड़े अमीराना अंदाज़ में दुरुस्त करते हुए जवाब दिया, "आर्टिस्ट को इन फ़ुज़ूल बातों का ख़याल नहीं रखना चाहिए। हम आर्ट के लिए ज़िंदा रहते हैं... आर्ट हमारे लिए ज़िंदा नहीं रहता।"

जमीला ये सुन कर ख़ुश हुई, "लेकिन मेरी जान आप मुसव्विरी सीख रहे हैं... आपको हर महीने फ़ीस अदा करनी पड़ती है। उसका बंदोबस्त भी तो कुछ होना चाहिए... फिर खाना-पीना है। उसका ख़र्च अलाहिदा है।"

"मैंने फ़िलहाल मुसव्विरी की तालीम लेना छोड़ दी है... जब हालात मुवाफ़िक़ होंगे तो देखा जाएगा।"

दूसरे दिन जमीला घर आई तो इसके पर्स में पंद्रह रुपये थे जो उसने अपने ख़ाविंद के हवाले कर दिए और कहा, "मैंने आज से ट्युशन शुरू कर दी है, ये पंद्रह रुपये मुझे पेशगी मिले हैं... आप मुसव्विरी का फ़न सीखने का काम जारी रखें।"

महमूद के मर्दाना जज़्बात को बड़ी ठेस लगी, "मैं नहीं चाहता कि तुम मुलाज़मत करो... मुलाज़मत मुझे करना चाहिए।"

जमीला ने ख़ास अंदाज़ में कहा, "हाय... मैं आपकी ग़ैर हूँ। मैंने अगर कहीं थोड़ी देर के लिए मुलाज़मत कर ली है तो इसमें हर्ज ही क्या है... बहुत अच्छे लोग हैं। जिस लड़की को मैं मौसीक़ी की तालीम देती हूँ, बहुत प्यारी और ज़हीन है।"

ये सुन कर महमूद ख़ामोश हो गया। उसने मज़ीद गुफ़्तुगू न की।

दूसरे हफ़्ते के बाद वो पच्चीस रुपये लेकर आया और अपनी बीवी से कहा, "मैंने आज अपनी एक तस्वीर बेची है, ख़रीदार ने उसे बहुत पसंद किया। लेकिन ख़सीस था। सिर्फ़ पच्चीस रुपये दिए। अब उम्मीद है कि मेरी तस्वीरों के लिए मार्किट चल निकलेगी।"

जमीला मुस्कराई, "तो फिर काफ़ी अमीर आदमी हो जाऐंगे।"

महमूद ने उससे कहा, "जब मेरी तस्वीरें बिकना शुरू हो जाएंगी तो मैं तुम्हें ट्युशन नहीं करने दूँगा।"

जमीला ने अपने ख़ाविंद की टाई की गिरह दुरुस्त की और बड़े प्यार से कहा, "आप मेरे मालिक हैं जो भी हुक्म देंगे मुझे तस्लीम होगा।"

दोनों बहुत ख़ुश थे इसलिए कि वो एक दूसरे से मुहब्बत करते थे। महमूद ने जमीला से कहा, "अब तुम कुछ फ़िक्र न करो। मेरा काम चल निकला है... चार तस्वीरें कल परसों तक बिक जाएंगी और अच्छे दाम वसूल हो जाऐंगे। फिर तुम अपनी मौसीक़ी की तालीम जारी रख सकोगी।"

एक दिन जमीला जब शाम को घर आई तो इसके सर के बालों में धुन्की हुई रूई का गुबार इस तरह जमा था जैसे किसी अधेड़ उम्र आदमी की दाढ़ी में सफ़ेद बाल।

महमूद ने उससे इस्तिफ़सार किया, "ये तुमने अपने बालों की क्या हालत बना रखी है... मौसीक़ी सिखाने जाती हो या किसी जंग फ़ैक्ट्री में काम करती हो।"

जमीला ने, जो महमूद की नई रज़ाई की पुरानी रूई को धुनक रही थी मुस्करा कर कहा, "हम आर्टिस्ट लोग हैं। हमें किसी बात का होश भी नहीं रहता..."

महमूद ने हुक़्क़े की नय मुँह में लेकर अपनी बीवी की तरफ देखा और कहा, "होश वाक़ई नहीं रहता।"

जमीला ने महमूद के बालों में अपनी उंगलियों से कंघी करना शुरू की। ये धुन्की हुई रूई का गुबार आप के सर में कैसे आ गया? महमूद ने हुक्के का एक कश लगाया, "जैसा कि तुम्हारे सर में मौजूद है... हम दोनों एक ही जंग फ़ैक्ट्री में काम करते हैं सिर्फ़ आर्ट की ख़ातिर।"

□□□

14
मिलावट

अमृतसर में अली मोहम्मद की मनियारी की दुकान थी छोटी सी, मगर उसमें हर चीज़ मौजूद थी। उसने कुछ इस क़रीने से सामान रखा था कि ठुंसा ठुंसा दिखाई नहीं देता था।

अमृतसर में दूसरे दुकानदार ब्लैक करते थे मगर अली मोहम्मद वाजिबी नर्ख़ पर अपना माल फ़रोख़्त करता था, यही वजह है कि लोग दूर दूर से उसके पास आते और अपनी ज़रूरत की चीज़ें ख़रीदा करते।

वो मज़हबी क़िस्म का आदमी था, ज़्यादा मुनाफ़ा लेना उसके नज़दीक गुनाह था। अकेली जान थी, उसके लिए जायज़ मुनाफ़ा ही काफ़ी था।

सारा दिन दुकान पर बैठता, ग्राहकों की भीड़ लगी रहती। उसको बाज़ औक़ात अफ़सोस होता जब वो किसी ग्राहक को सनलाईट साबुन की एक टिकिया न दे सकता या केलिफ़ोरनियन पोपी की बोतल, क्योंकि ये चीज़ें उसे महदूद तादाद में मिलती थीं।

ब्लैक न करने के बावजूद वो ख़ुशहाल था। उसने दो हज़ार रुपये पस-अंदाज़ कर रखे थे। जवान था, एक दिन दुकान पर बैठे बैठे उसने सोचा कि अब शादी कर लेनी चाहिए। बुरे बुरे ख़याल दिमाग़ में आते हैं, शादी कर लूं कि ज़िंदगी में लताफ़त पैदा हो जाएगी। बाल बच्चे होंगे, उनकी परवरिश के लिए मैं और ज़्यादा कमाने की कोशिश करूंगा।

उसके वालिदैन अरसा हुआ अल्लाह को प्यारे हो चुके थे। उसकी कोई बहन थी न भाई। वो बिल्कुल अकेला था। शुरू शुरू में जबकि वो दस बरस का था, उसने अख़बार बेचने शुरू किए। उसके बाद ख़वांचा लगाया, क़ुलफ़ियाँ बेचीं, जब उसके पास एक हज़ार रुपया जमा हो गया तो उसने एक छोटी सी दुकान किराए पर ले ली और मनियारी का सामान ख़रीद कर बैठ गया।

आदमी ईमानदार था उसकी दुकान थोड़े ही अरसे में चल निकली... जहां तक आमदन का तअ'ल्लुक़ था वो उससे बेफ़िक्र था, मगर वो चाहता था घर बसाए। उसकी बीवी हो, बच्चे हों और वो उनके लिए ज़्यादा से ज़्यादा कमाने की कोशिश करे, इसलिए कि उसकी ज़िंदगी मशीन ऐसी बन गई थी। सुबह दुकान खोलता, ग्राहक आते, उन्हें सौदा

देता, शाम को दुकान बंद करता और एक छोटी सी कोठरी में जो उसने शरीफ़पुरा में ले रखी थी, सो जाता।

गंजे का होटल था, उसमें वो खाना खाता, सिर्फ़ एक वक़्त। सुबह नाश्ता जैमल सिंह के कटड़े में शाभे हलवाई की दुकान में करता, दुकान खोलता और शाम तक अपनी गद्दी पर बैठा रहता।

उसके अंदर शादी की ख़्वाहिश शिद्दत इख़्तियार करती गई लेकिन सवाल ये था कि इस मुआ'मले में उसकी मदद कौन करे। अमृतसर में उसका कोई दोस्त यार भी नहीं था जो उसके लिए कोशिश करता।

वो बहुत परेशान था, शरीफ़पुरा की कोठरी में रात को सोते वक़्त वो कई मर्तबा रोया कि उसके माँ बाप इतनी जल्दी क्यों मर गए? उन्हें और कुछ नहीं तो इसलिए ज़िंदा रहना चाहिए था कि वो उस की शादी का बंदोबस्त कर जाते।

उसकी समझ में नहीं आता था कि वो शादी कैसे करे, बहुत देर तक सोचता रहा, इस दौरान में उस के पास तीन हज़ार रुपये जमा हो गए। उसने एक छोटे से घर को जो अच्छा ख़ासा था किराए पर ले लिया, मगर रहता वो शरीफ़पुरे ही में था।

एक दिन उसने अख़बार में एक इश्तिहार देखा जिसमें लिखा था कि शादी के ख़्वाहिशमंद हज़रात हम से रुजूअ' करें। बी.ए पास, लेडी डॉक्टर, हर क़िस्म के रिश्ते मौजूद हैं, ख़त-ओ-किताबत कीजिए या ख़ुद आ के मिलिए।

इतवार को वो दुकान नहीं खोलता था। उस दिन वो उस पते पर गया और उसकी मुलाक़ात एक दाढ़ी वाले बुज़ुर्ग से हुई। अली मोहम्मद ने अपना मुद्दआ बयान किया। दाढ़ी वाले बुज़ुर्ग ने मेज़ का दराज़ खोल कर बीस-पच्चीस तस्वीरें निकालीं और उसको एक एक कर के दिखाईं कि वो इनमें से कोई पसंद करे।

एक लड़की की तस्वीर अली मोहम्मद को पसंद आ गई, छोटी उम्र की और ख़ूबसूरत थी। उसने शादियां कराने वाले एजेंट से कहा, "जनाब। ये लड़की मुझे पसंद है।"

एजेंट मुस्कुराया, "तुमने एक हीरा चुन लिया है।"

अली मोहम्मद को ऐसा महसूस हुआ कि वो लड़की उसकी आग़ोश में है, उसने गटकना शुरू कर दिया। "बस, जनाब आप बात पक्की कर दीजिए।"

एजेंट संजीदा हो गया, "देखो बरख़ुर्दार! ये लड़की जो तुमने चुनी है, इलावा हसीन होने के बहुत बड़े ख़ानदान से तअ'ल्लुक़ रखती है, लेकिन मैं तुमसे ज़्यादा फ़ीस नहीं मांगूंगा।"

"आप की बड़ी नवाज़िश है, मैं यतीम लड़का हूँ, अगर आप मेरा ये काम कर दें तो आपको सारी उम्र अपना बाप समझूंगा।"

एजेंट के मूंछों भरे होंटों पर फिर मुस्कराहट नुमूदार हुई, "जीते रहो, मैं तुमसे सिर्फ़ तीन सौ रुपये फीस लूंगा।"

अली मोहम्मद ने बड़े मुतशक्किराना लहजे में कहा, "जनाब का बहुत बहुत शुक्रिया, मुझे मंजूर है।"

ये कह कर उसने जेब से तीन नोट सौ सौ रुपये के निकाले और उस बुज़ुर्गवार को दे दिए।

तारीख़ मुक़र्रर हो गई, निकाह हुआ, रुख़्सती भी हुई। अली मोहम्मद ने वो छोटा सा मकान किराए पर ले रखा था अब सजा सजाया था। वो उसमें बड़े चाव से अपनी दुल्हन ले कर आया। पहली रात का तसव्वुर मालूम नहीं उसके दिल-ओ-दिमाग़ में किस क़िस्म का था, मगर जब उसने दुल्हन का घूंघट हाथों से उठाया तो उसको ग़श सा आ गया।

निहायत बदशक्ल औरत थी, सरीहन उस मर्द बुज़ुर्ग ने उसके साथ धोका किया था। अली मोहम्मद लड़खड़ाता कमरे से बाहर निकला और शरीफ़पुरे जा कर अपनी कोठरी में देर तक सोचता रहा कि ये हुआ क्या है, लेकिन उसकी समझ में कुछ भी न आया।

उसने अपनी दुकान न खोली, दो हज़ार रुपये वो अपनी बीवी का हक़्क़-ए-मेहर अदा कर चुका था। तीन सौ रुपये उस एजेंट को। अब उसके पास सिर्फ़ सात सौ रुपये थे। वो इस क़दर दिल बर्दाश्ता हो गया था कि उसने सोचा शहर ही छोड़ दे। सारी रात जागता रहा और सोचता रहा। आख़िर उसने फ़ैसला कर ही लिया। सुबह दस बजे उसने अपनी दुकान एक शख़्स के पास पाँच हज़ार रुपये में यानी औने पौने दामों बेच दी और टिकट कटवा कर लाहौर चला आया।

लाहौर जाते हुए गाड़ी में किसी जेब कतरे ने बड़ी सफ़ाई से उसके तमाम रुपये ग़ायब कर दिए। वो बहुत परेशान हुआ, लेकिन उसने सोचा कि शायद ख़ुदा को यही मंजूर था।

लाहौर पहुंचा तो उसकी दूसरी जेब में जो कतरी नहीं गई थी, सिर्फ़ दस रुपये और ग्यारह आने थे उससे उसने चंद रोज़ गुज़ारा किया लेकिन बाद में फ़ाक़ों की नौबत आ गई।

इस दौरान में उसने कहीं न कहीं मुलाज़िम होने की बहुत कोशिश की मगर नाकाम रहा... वो इस क़दर मायूस हो गया कि उसने ख़ुदकुशी का इरादा कर लिया, मगर उसमें इतनी जुरअत नहीं थी। इसके बावजूद एक रात वो रेल की पटरी पर लेट गया, ट्रेन आ रही थी मगर कांटा बदला और वो दूसरी लाईन पर चली गई कि उसे उधर ही जाना था।

उसने सोचा कि मौत भी धोका दे जाती है, चुनांचे उसने ख़ुदकुशी का ख़याल छोड़ दिया और हल्दी और मिर्चें पीसने वाली एक चक्की में बीस रुपये माहवार पर मुलाज़मत इख़्तियार कर ली।

यहां उसे पहले ही दिन मालूम हो गया कि दुनिया धोका ही धोका है। हल्दी में पीली मिट्टी की मिलावट की जाती थी और मिर्चों में सुर्ख़ ईंटों की।

दो बरस तक वो इस चक्की में काम करता रहा, उसका मालिक हर महीने कम अज़ कम सात सौ रुपये माहवार कमाता था, इस दौरान में अली मोहम्मद ने पाँच सौ रुपये पस-अंदाज़ कर लिये थे। एक दिन उसने सोचा, जब सारी दुनिया में फ़रेब ही फ़रेब है तो वो भी क्यों न फ़रेब करे।

उसने चुनांचे एक अ'लाहिदा चक्की क़ायम कर ली और उसमें मिर्चों और हल्दी में मिलावट का काम शुरू कर दिया। उसकी आमदनी अब काफ़ी मा'क़ूल थी उसको शादी का कई बार ख़याल आया मगर जब उसकी आँखों के सामने उस पहली रात का नक़्शा आया तो वो काँप-काँप गया।

अली मोहम्मद ख़ुश था, उसने फ़रेबकारी पूरी तरह सीख ली थी। उसको अब उसके तमाम गुर मालूम हो गए थे, एक मन लाल मिर्चों में कितनी ईंटें पिसनी चाहिऐं, हल्दी में कितनी ज़र्द रंग की मिट्टी डालनी चाहिए और फिर वज़न का हिसाब, ये अब उसको अच्छी तरह मालूम था।

लेकिन एक दिन उसकी चक्की पर पुलिस का छापा पड़ा। हल्दी और मिर्चों के नमूने बोतलों में डाल कर मोहरबंद किए गए, और जब केमिकल एग्जामिनर की रिपोर्ट आई कि इनमें मिलावट है तो उसे गिरफ़्तार कर लिया गया।

उसका लाहौर में कौन था जो उसकी ज़मानत देता। कई दिन हवालात में बंद रहा, आख़िर मुक़द्दमा अदालत में पेश हुआ और उसको सौ रुपया जुर्माना और एक महीने की क़ैद बा-मुशक़्क़त की सज़ा हुई।

जुर्माना तो उसने अदा कर दिया लेकिन एक महीने की क़ैद बा-मुशक़्क़त उसे भुगतनी ही पड़ी। ये एक महीना उसकी ज़िंदगी में बहुत कड़ा वक़्त था। इस दौरान में वो अक्सर सोचता था कि उसने बे-ईमानी क्यों की जबकि उसने अपनी ज़िंदगी का ये उसूल बना लिया था कि वो कभी फ़रेबकारी नहीं करेगा।

फिर वो सोचता कि उसे अपनी ज़िंदगी ख़त्म कर लेनी चाहिए, इसलिए कि वो इधर का रहा न उधर का, उसका किरदार मज़बूत नहीं। बेहतर यही है कि मर जाये ताकि उसका ज़ेहनी इज़्तराब ख़त्म हो।

जब वो जेल से बाहर निकला तो वो मज़बूत इरादा कर चुका था कि ख़ुदकुशी कर लेगा ताकि सारा झंझट ही ख़त्म हो। इस ग़रज़ के लिए उसने सात रोज़ मज़दूरी की और दो तीन रुपये अपना पेट काट काट कर जमा किए। इसके बाद उसने सोचा, कौन सा ज़हर होगा जो कारआमद हो सकता है।

उसने सिर्फ़ एक ही ज़हर का नाम सुना था जो बड़ा क़ातिल होता है... संख्या, मगर ये संख्या कहाँ से मिलती?

उसने बहुत कोशिश की, आख़िर उसे एक दुकान से संख्या मिल गई। उसने ईशा की नमाज़ पढ़ी, ख़ुदा से अपने गुनाहों की माफ़ी मांगी कि वो हल्दी और मिर्चों में मिलावट करता रहा, फिर रात को संख्या खाई और फुटपाथ पर सो गया।

उसने सुना था संख्या खाने वालों के मुँह से झाग निकलते हैं, तशन्नुज के दौरे पड़ते हैं, बड़ा कर्ब होता है, मगर उसे कुछ भी न हुआ। सारी रात वो अपनी मौत का इंतिज़ार करता रहा मगर वो न आई।

सुबह उठ कर वो उस दुकानदार के पास गया जिससे उसने संख्या ख़रीदी थी और उससे पूछा, “भाई साहब! ये आपने मुझे कैसी संख्या दी है कि मैं अभी तक नहीं मरा।”

दुकानदार ने आह भर के बड़े अफ़सोसनाक लहजे में कहा, “क्या कहूं मेरे भाई, आजकल हर चीज़ नक़ली होती है या उसमें मिलावट होती है।”

□□□

15
ख़ुदकुशी

ज़ाहिद सिर्फ़ नाम ही का ज़ाहिद नहीं था, उसके जुहद-ओ-तक़वा के सब क़ाइल थे, उसने बीस-पच्चीस बरस की उम्र में शादी की, उस ज़माने में उसके पास दस हज़ार के क़रीब रुपये थे, शादी पर पाँच हज़ार सर्फ़ हो गए, उतनी ही रक़म बाक़ी रह गई।

ज़ाहिद बहुत ख़ुश था। उसकी बीवी बड़ी ख़ुश ख़सलत और ख़ूबसूरत थी। उसको उससे बेपनाह मुहब्बत हो गई। वो भी उसको दिल-ओ-जान से चाहती थी, दोनों समझते थे कि जन्नत में आबाद हैं।

एक बरस के बाद उनके यहाँ एक लड़की पैदा हुई जो माँ पर थी, या'नी वैसी ही हसीन, बड़ी बड़ी ग़िलाफ़ी आँखें, उनपर लंबी पलकें, महीन अब्रू, छोटा सा लब-ए-दहन... उस लड़की का नाम सोचने में काफ़ी देर लग गई। ज़ाहिद और उसकी बीवी को दूसरों के तजवीज़ किए हुए नाम पसंद नहीं आते थे, वो चाहती थी कि ख़ुद ज़ाहिद नाम बताए।

ज़ाहिद देर तक सोचता रहा, लेकिन उसके दिमाग़ में ऐसा कोई मौज़ूं-ओ-मुनासिब नाम न आया जो वो अपनी बेटी के लिए मुंतख़ब करता।

उसने अपनी बीवी से कहा, "इतनी जल्दी क्या है... नाम रख लिया जाएगा?"

बीवी मुसिर थी कि नाम ज़रूर रखा जाये, "मैं अपनी बेटी को इतनी देर बेनाम नहीं रखना चाहती।"

वो कहता, "इसमें क्या हर्ज है... जब कोई अच्छा सा नाम ज़ेहन में आएगा तो इस गुल गोथनी के साथ टाँक देंगे।"

"पर मैं इसे क्या कह कर पुकारूं? मुझे बड़ी उलझन होती है।"

"फ़िलहाल बेटा कह देना काफ़ी है।"

"ये काफ़ी नहीं है... मेरी बिटिया का कोई नाम होना चाहिए।"

"तुम ख़ुद ही कोई मुंतख़ब कर लो।"

"ये काम आपका है, मेरा नहीं।"

"तो थोड़े दिन इंतिज़ार करो... मैं उर्दू की लुग़त लाता हूँ। उसको पहले सफ़े से आख़िरी सफ़े तक ग़ौर से देखूंगा... यक़ीनन कोई अच्छा नाम मिल जाएगा।"

"मैंने आज तक ये कभी नहीं सुना था कि लोग अपने बच्चों-बच्चियों के नाम डिक्शनरियों से निकालते हैं।"

"नहीं मेरी जान निकालते हैं... मेरा एक दोस्त है, उसके जब बच्ची पैदा हुई तो उसने फ़ौरन उर्दू की लुग़त निकाली और उसकी वर्क़गरदानी करने के बाद एक नाम चुन लिया।"

"क्या नाम था?"

"निकहत।"

"इसके मा'नी क्या हैं?"

"ख़ुशबू।"

बड़ा अच्छा नाम है... निकहत... या'नी ख़ुशबू।"

"तो यही नाम रख लो।"

ज़ाहिद की बीवी ने अपनी बच्ची को जो सो रही थी एक नज़र देखा और कहा, "नहीं... मैं अपनी बिटिया के लिए पुराना नाम नहीं चाहती... कोई नया नाम तलाश कीजिए, जाईए डिक्शनरी ले आईए।"

ज़ाहिद मुस्कुराया, "लेकिन मेरे पास पैसे कहाँ हैं?"

ज़ाहिद की बीवी भी मुस्कुराई, "मेरा पर्स अलमारी में पड़ा है, उसमें जितने रुपये आपको चाहिऐं, निकाल लीजिए।"

ज़ाहिद ने "बहुत बेहतर" कहा और अलमारी खोल कर उसमें से अपनी बीवी का पर्स निकाला और दस रुपये का एक नोट लेकर बाज़ार रवाना हो गया कि लुग़त ख़रीद ले।

वो कई कुतुब फ़रोश दुकानों में गया... कई लुग़त देखे। बा'ज़ तो बहुत क़ीमती थे जिनकी तीन-तीन जिल्दें थीं। कुछ बड़े नाक़िस, आख़िर उसने एक लुग़त जिसकी क़ीमत वाजिबी थी, ख़रीद लिया और रास्ते में उसकी वर्क़ गरदानी करता रहा ताकि नाम का मसला जल्द हल हो जाये।

जब वो अनारकली में से गुज़र रहा था तो उसको एक दोस्त मिल गया, वो उसे अपनी बूटों की दुकान में ले गया। वहां उसे क़रीब क़रीब एक घंटे तक बैठना पड़ा क्योंकि बहुत देर के बाद उससे मुलाक़ात हुई थी। जब उसके दोस्त को दौरान-ए-गुफ़्तुगू में पता चला कि ज़ाहिद के हाँ लड़की हुई है तो वो बहुत ख़ुश हुआ। तिजोरी में से ग्यारह रुपये

निकाले और ज़ाहिद से कहा, "ये उस बच्ची को दे देना, कहना तुम्हारे चचा ने दिए हैं, नाम क्या रखा है उसका?"

ज़ाहिद ने लुगत की तरफ़ देखा जिसकी जिल्द लाल रंग की थी, "अभी तक कोई अच्छा नाम सूझा नहीं।"

उसके दोस्त ने जूते को कपड़े से साफ़ करते हुए कहा, "यार नाम रखने में दिक्क़त ही क्या पेश आती है। समीना है, शाहीना है, नसरीन है, अलमास है।"

ज़ाहिद ने जवाब दिया, "ये सब बकवास है।"

उसके दोस्त ने जूता डिब्बे में रखा, "तो अब जो बकवास तुम करोगे वो भी हम सुन लेंगे।" इसके बाद उठ कर उसने ज़ाहिद को गले से लगाया, "ख़ुदा उसकी उम्र दराज़ करे... नाम हो न हो इससे क्या फ़र्क़ पड़ता है?"

ज़ाहिद जब दुकान से बाहर निकला तो उसने सोचना शुरू किया कि वाक़ई नाम में क्या रखा है। ख़ैराती का ये मतलब तो नहीं कि वो बड़ी ख़ैरात करता है, ईदन क्या बला है... और घसीटा... क्या उसे लोग घसीटना शुरू कर दें... और ये रुलदो... शुबराती?

उसके जी में आई कि लुग़त किसी गंदी मोरी में फेंक दे और घर जा कर अपनी बीवी से कहे, "मेरी जान! नाम में कुछ नहीं पड़ा, बस ये दुआ करो कि बच्ची की उम्र दराज़ हो।"

वो मुख़्तलिफ़ ख़यालात में ग़र्क़ था, लेकिन मालूम नहीं क्यों उसका दिल ग़ैरमामूली तौर पर धड़क रहा था। उसने सोचा कि शायद ये उसकी परागंदा ख़्याली का बाइस है। थोड़ी दूर चलने के बाद उस की तबीयत बहुत ज़्यादा मुज़्तरिब हो गई, वो चाहता था कि उड़ कर घर पहुंचे और अपनी बच्ची की पेशानी चूमे।

बग़ल में लुग़त थी, इसको उसने कई बार देखने की कोशिश की मगर उसका दिल-ओ-दिमाग़ मुतवाज़िन नहीं था। उसने तेज़ तेज़ चलना शुरू कर दिया, मगर थोड़ा फ़ासला तय करने के बाद ही बहुत बुरी तरह हांपने लगा और एक दुकान के थड़े पर बैठ गया। इतने में एक ख़ाली ताँगा आया, उस ने उसको ठहराया और उसमें बैठ कर तांगे वाले से कहा, "चलो मज़ंग ले चलो। लेकिन जल्दी पहुँचाओ, मुझे वहां एक बड़ा ज़रूरी काम है।"

मगर घोड़ा बहुत ही सुस्त रफ़्तार था या शायद ज़ाहिद को ऐसा महसूस हुआ कि उसको उजलत थी। वो बर्क़ रफ़्तारी से घर पहुंचना चाहता था।

उसने कई मर्तबा तांगे वाले से सख़्त सुस्त अलफ़ाज़ कहे जो वो बर्दाश्त करता गया। आख़िर जब उस की बर्दाश्त का पैमाना लबरेज़ हो गया तो उसने ज़ाहिद को तांगे से उतार दिया। हाइकोर्ट के क़रीब, उसने ज़ाहिद से किराया भी तलब न किया।

ज़ाहिद और ज़्यादा परेशान हुआ, वो जल्द घर पहुंचना चाहता था, वो कुछ देर चौक में खड़ा रहा। इतने में एक पिशावरी ताँगा आया, उसमें बैठ कर वो मज़ंग पहुंचा। किराया अदा किया और घर में दाख़िल हुआ।

क्या देखता है कि सहन में कई औरतें खड़ी हैं जो ग़ालिबन हमसाई थीं। वो दरवाज़े के पास रुक गया एक औरत दूसरी औरत से कह रही थी, "मुश्किल ही से बचेगी बेचारी... तशन्नुज के ये दौरे बड़े ख़तरनाक हैं।"

ज़ाहिद उन औरतों की परवाह न करते हुए दीवानावार अंदर भागा और उसके कमरे में पहुंचा जहां वो और उसकी बीवी रहते थे। अंदर दाख़िल होते ही उसने अपनी बीवी की फ़लक शिगाफ़ चीख़ सुनी।

उसकी बिटिया दम तोड़ चुकी थी और उसकी बीवी बेहोश पड़ी थी। ज़ाहिद ने अपना सर पीटना शुरू कर दिया। हमसाईयां पर्दे को भूल कर बेइख़्तियार अंदर चली आईं और ज़ाहिद को उस कमरे से बाहर निकाल दिया।

एक हमसाई के शौहर के पास मोटर थी, वो एक डॉक्टर ले आया। उसने ज़ाहिद की बीवी को एक दो इंजेक्शन लगाए जिनसे वो होश में आ गई।

ज़ाहिद एक ऐसे आलम में था कि उसके सोचने-समझने की तमाम क़ुव्वतें मुअत्तल हो गई थीं। वो सहन में एक कुर्सी पर बैठा बग़ल में लुग़त दबाये ख़ला में देख रहा था जैसे वो अपनी बच्ची के लिए कोई नाम तलाश करने में मह्व है।

बच्ची को दफ़नाने का वक़्त आया तो ज़ाहिद बेहोश हो गया। उसने कोई आँसू न बहाया। कफ़न में पड़ी बच्ची को उठाया और अपने दोस्तों और हमसायों के हमराह क़ब्रिस्तान रवाना हो गया। वहां क़ब्र पहले ही से तैयार करा ली गई थी। उसमें उसने ख़ुद उसे लिटाया और उसके साथ लुग़त रख दी।

लोगों ने समझा क़ुरआन मजीद है। उन्हें बड़ी हैरत हुई कि मुरदों के साथ क़ुरआन कौन दफ़न करता है, ये तो सरासर कुफ्ऱ है, लेकिन उनमें से किसी ने भी ज़ाहिद से इसके मुतअल्लिक़ कुछ न कहा बस आपस में खुसर फुसर करते रहे।

बच्ची को दफ़ना कर जब घर आया तो उसे मालूम हुआ कि उसकी बीवी को बहुत तेज़ बुख़ार है सरसाम की कैफ़ियत है।

फ़ौरन डॉक्टर को बुलाया गया। उसने अच्छी तरह देखा और ज़ाहिद से कहा, "हालत बहुत नाजुक है, मैं ईलाज तजवीज़ किए देता हूँ लेकिन मैं सेहत की बहाली के मुतअल्लिक़ कुछ नहीं कह सकता।"

ज़ाहिद को ऐसा महसूस हुआ कि उसपर बिजली आन गिरी है लेकिन उसने सँभल कर डॉक्टर से पूछा, "तकलीफ़ क्या है?"

डॉक्टर ने जवाब दिया, "बहुत सी तकलीफें हैं... एक तो ये कि इन्हें बहुत सदमा पहुंचा, दूसरी ये कि इनका दिल बहुत कमज़ोर है, तीसरी ये कि उन्हें एक सौ पाँच डिग्री बुख़ार है।"

डाक्टर ने चंद टीके तजवीज़ किए, दो नुस्ख़े पिलाने वाली दवाओं के लिखे और चला गया।

ज़ाहिद फ़ौरन ये सब चीज़ें ले आया, टीके लगाए, दवाएं बड़ी मुश्किल से हलक़ में टपकाई गईं। लेकिन मरीज़ा की हालत बेहतर न हुई।

दस-पंद्रह रोज़ के बाद उसे थोड़ा सा होश आया, हिज़यानी कैफ़ियत भी दूर हो गई। ज़ाहिद ने इत्मिनान का सांस लिया। उसकी प्यारी हसीन बीवी ने उसे बुलाया और बड़ी नहीफ़ आवाज़ में कहा, "मेरा अब आख़िरी वक़्त आ गया है... मैं चंद घड़ियों की मेहमान हूँ।"

ज़ाहिद की आँखों में आँसू आ गए, "कैसी बातें करती हो तुम, तुम्हें ख़ुदा-ना-ख़्वास्ता अगर कुछ हो गया तो मैं कहाँ ज़िंदा रहूँगा।"

ज़ाहिद की बीवी ने अपनी बड़ी बड़ी आँखों से उसकी तरफ़ देखा, "ये सब कहने की बातें हैं, मैं मर गई, कल दूसरी आ जाएगी। ख़ुदा आपकी उम्र दराज़ करे... और... और..."

उसने हिचकी ली और एक सेकंड के अंदर अंदर उसकी रूह परवाज़ कर गई। ज़ाहिद ने बड़े सब्र-ओ-तहम्मुल से काम लिया। उसके कफ़न-दफ़न से फ़ारिग़ हो कर वो रात को घर से बाहर निकला और रेलवे टाइम टेबल देख कर रेलवे लाईन का रुख़ किया।

रात को साढ़े नौ बजे के क़रीब एक गाड़ी आती थी, वो मुग़लपुरा की तरफ़ रवाना हो गया ताकि वहां पटरी पर लेट जाये और उसे कोई देख न सके। गाड़ी आएगी तो उसका ख़ातमा हो जाएगा। मुझे लंबी उम्र की कोई ख़्वाहिश नहीं... ये जितनी जल्दी मुख़्तसर हो उतना ही अच्छा है, मैं अब और ज़्यादा सदमे बर्दाश्त नहीं कर सकता।

जब वो रेलवे लाईन के पास पहुंचा तो उसे गाड़ी की तेज़ रोशनी जो इंजन की पेशानी पर होती है दिखाई दी, लेकिन अभी वो दूर ही थी। उसने इंतिज़ार किया कि जब क़रीब आएगी तो वो पटरी पर लेट जाएगा।

थोड़ी देर के बाद गाड़ी क़रीब आ गई, ज़ाहिद आगे बढ़ा मगर उसने देखा कि एक आदमी कहीं से नुमूदार हुआ और पटरी के ऐन दरमियान खड़ा हो गया। गाड़ी बड़ी तेज़

रफ़्तार से आ रही थी और क़रीब था कि वो आदमी उसकी झपट में आ जाये वो तेज़ी से लपका और उस आदमी को धक्का दे कर पटरी के उस तरफ़ गिरा दिया। गाड़ी दनदनाती हुई गुज़र गई।

उस आदमी से ज़ाहिद ने कहा, "क्या तुम ख़ुदकुशी करना चाहते थे?"

उसने जवाब दिया, "जी हाँ।"

"क्यों?"

"बस, सदमे उठाते उठाते अब जीने को जी नहीं चाहता।"

ज़ाहिद नासेह बन गया, "भाई मेरे! ज़िंदगी ज़िंदा रहने के लिए है, इसको अच्छी तरह इस्तेमाल करो, ख़ुदकुशी बहुत बड़ी बुज़दिली है। अपनी जान ख़ुद लेना कहाँ की अक़्लमंदी है, उठो अपने सदमों को भूल जाओ। इंसान की ज़िंदगी में सदमे न हों तो ख़ुशियों से क्या हज़ उठाएगा... चलो मेरे साथ।"

□□□

www.ingramcontent.com/pod-product-compliance
Lightning Source LLC
La Vergne TN
LVHW010826051026
849532LV00007B/2621